景观诗话
重建与自然的缘分

JingGuan ShiHua ChongJian Yu ZiRan De YuanFen

吴琳 著

中国书籍出版社
China Book Press

图书在版编目（CIP）数据

景观诗话：重建与自然的缘分/吴琳著.—北京：中国书籍出版社，2018.11

ISBN 978-7-5068-7121-1

Ⅰ.①景… Ⅱ.①吴… Ⅲ.①唐诗—诗歌欣赏 Ⅳ.①I207.227.42

中国版本图书馆 CIP 数据核字（2018）第 262540 号

景观诗话：重建与自然的缘分

吴 琳 著

责任编辑	吴化强
责任印制	孙马飞　马　芝
封面设计	中联华文
出版发行	中国书籍出版社
地　　址	北京市丰台区三路居路 97 号（邮编：100073）
电　　话	（010）52257143（总编室）　（010）52257140（发行部）
电子邮箱	eo@chinabp.com.cn
经　　销	全国新华书店
印　　刷	三河市华东印刷有限公司
开　　本	710 毫米×1000 毫米　1/16
字　　数	129 千字
印　　张	11.5
版　　次	2019 年 4 月第 1 版　2019 年 4 月第 1 次印刷
书　　号	ISBN 978-7-5068-7121-1
定　　价	68.00 元

版权所有　翻印必究

前　言

生态文明建设是我们中华民族复兴要做好的大事！

2018年4月26日，中共中央总书记、国家主席习近平在武汉主持召开的深入推动长江经济带发展座谈会上强调，必须注重"生态环境保护和经济发展、总体谋划和久久为功、破除旧动能和培育新动能、自我发展和协同发展的关系，坚持新发展理念，坚持稳中求进工作总基调"。

为了开好这次座谈会，4月24日至25日，习近平先后深入湖北宜昌市和荆州市、湖南岳阳市以及三峡坝区等地，考察化工企业搬迁、非法码头整治、江水污染治理、河势控制和护岸工程、航道治理、湿地修复、水文站水文监测工作等情况，实地了解长江生态环境和发展战略实施情况。

习主席的指示以及党中央的一系列重大举措，说明推动经济发展与保护生态环境是大事中的重中之重。

大家越来越有共识：发展不是目的。宜居是目的。没有良好的生态休憩系统，人也失去了休养生息的家园。

人不可能在恶劣的环境里有怡然自得的幸福。

面对快速工业化、城市化的现实，田园山水、怡然自得、诗意宜居——是梦想？还是可以改变后的美丽家乡，全在于我们心态和观念的改变、我们思考后的行动。

重建与自然的缘分，改变恶化的生态环境，是时代给我们这一代人不得不做好的作业。

随着人类文明的发展，生态环保观念越来越受到重视。但是，近300百年来推动世界发展的一些现代化的人文理念，如"民主""自由""理性""人权"以及基于这些理念制定的"法律""制度"等，对生态环保中出现的问题却未起到多大作用，反而是因为其中的一些观念的极端化，如对"人本"的重视导致了过度的"以人为中心"观念，使得在工业化、现代化的过程中，生态环境日益受到破坏。

如今，已经实现现代化的发达国家，也在不断反思这些现代化的副作用。重视对生态环境的保护已经成为现代文明的重要内容。

如果说今天的国人偏爱现代化的住房和装修而忽视外围环境的绿树、花草，喜爱现代化的精美设施而忽视对自然环境的美化，也是自1840年开始、近170多年的现代化进程的副产品，而并非中国人的传统和本性。

读一读唐诗，"云霞出海曙，梅柳渡江春""大漠孤烟直，长河落日圆""白日依山尽，黄河入海流"……那些记录和描写自然美丽风景的诗歌，怎么能够说中国人不热爱、不欣赏自然？

诵读那些描写自然风光的古诗词，不管是记叙良辰美景、春花秋月，还是描写小桥流水、高山大海，在使人心旷神怡的同时，也会被作者对大自然的细心关注和独特体会而感动。

那些古诗词中自然而然流露出的中国人"天人合一"的乐趣、美感，对我们今天生态观念的树立、和谐生活的建设来说，是取之不尽的精神财富。

不管哪个季节我们都会看到许多美景，也仍然能从中感受到经典诗文里描写过的诗意美景，也仍然能感受到自然对我们的厚爱。即使冷雨寒风的冬日，阶前的一丛绿草、一池碧水也会带给人无尽天真诗意绵绵：细雨阶前草愈绿，初冬木落风渐寒。故乡梦里多少次，绿水青山庭院前。

今日，随着科技的进步、互联网技术的发展，国际上最新的绿化技术、生态学术观念创新的最新实践——立体绿化，也已开始在中国生根开花。

宜居，诗意的宜居，源自我们祖国3000年的经典诗文，源自我们早就与自然的缘分。

人类的一切根源于自然，人类应该把从自然而来的爱和温暖回报给自然万物——基于此，有了《景观诗话：重建与自然的缘分》一书。让我们在快速工业化、城市化的时代，在我们一边握手新世界的时代，也让我们一边复习流传千百年的那些古典山水田园诗词，在现在的自然和过去的自然中寻觅、思考那些与自然的缘分。

所以，《景观诗话：重建与自然的缘分》不是一本用传统文学专业的眼光和角度解读唐诗的书；是个人结合现代城市生态文明建设，从加强生态宜居城市建设的角度学习唐诗的心得笔记。千百年来，人们都在不断地读唐诗，但愿今天在《景观诗话：重建与自然的缘分》里读唐诗的读者，在本书中读出有当下感的、不一样的感觉——景观唐诗，重建与自然的缘分，改变我们对自然的陌生和疏远。保护生态环境，你我他都是志愿者，也是受益人。

（欢迎读者朋友一起交流经典诗文，本人微信号：taotaolin2015）

吴琳

2018年4月27于武昌

目 录
CONTENTS

前 言 ·· 1

一、景观唐诗——重建与自然的缘分 ·· 1

  1. 细雨鱼儿出,微风燕子斜
    ——杜甫家的园景　中国人的庭院 ·· 3

  2. 江流天地外,山色有无中
    ——比天地还要大的空间,就是空白 ·· 6

  3. 感受"绿树村边合"那样的房子 ·· 8

  4. 风景为什么叫:风——景
    ——读"动枝生乱影,吹花送远香"想到的 ······································ 12

  5. 诗中的"流行金曲"《春江花月夜》 ·· 14

  6. 淡妆浓抹总相宜
    ——像唐诗一样意境的宋诗 ·· 20

  7. 白居易《暮江吟》赏析
    ——为什么是"半江瑟瑟半江红"而不是"半江绿色半江红"
    ·· 22

1

8. 江畔独步寻花
   ——黄四娘家花满蹊,千朵万朵压枝低 ………… 24
9. 一个突然来访的蜻蜓 ………… 26
10. 江南好
    ——日出江花红胜火,春来江水绿如蓝 ………… 29
11. 平常中的大美
    ——野旷天低树,江清月近人 ………… 32
12. 落霞与孤鹜齐飞,秋水共长天一色 ………… 35
13. 空山寻桂树 折香思故人
    ——大自然的语言,真美 ………… 37
14. 汀沙云树晚苍苍 ………… 40
15. 空山不见人,但闻人语响
    ——悠然见珞珈 空山养身心 ………… 42
16. 蒹葭苍苍 ………… 47
17. 云霞出海曙 梅柳渡江春
    ——江边日出,水边花开 ………… 49
18. 风暖鸟声碎 日高花影重
    ——雾霾退去后 ………… 52
19. 青山隐隐水迢迢,秋尽江南草未凋 ………… 55
20. 朝雨浥轻尘 新叶新枝新春
    ——想起了《阳关曲》 ………… 58
21. 见字如面
    ——苍苍竹林寺,杳杳钟声晚 ………… 61
22. 鸡声茅店月,人迹板桥霜
    ——让"鸡"立于诗词之林的诗 ………… 63

23. 千里黄云白日曛
　　——但愿不是"霾是故乡浓" ·············· 67
24. 明月几时有？雾霾出来了！ ·············· 71
25. "双11"疯狂购物节读"人间有味是清欢" ·············· 77
26. 江山美景　使人与自然融为一体
　　——再读崔颢《黄鹤楼》 ·············· 80
27. 心随静夜钟声远行
　　——夜半钟声到客船 ·············· 83
28. 山亭夏日　岁月安静如画 ·············· 86
29. 烟花三月与二十四桥明月夜
　　——读李白《黄鹤楼送孟浩然之广陵》 ·············· 88
30. 欲穷千里目，更上一层楼
　　——网络时代更如此 ·············· 91

二、盛唐诗歌因为什么而蓬勃 ·············· 93
31. 盛唐诗歌因为什么而蓬勃 ·············· 95
32. 万物霜天竞自由
　　——欲穷千里目，更上一层楼 ·············· 97
33. "两栋高楼相对出，片片白云墙边来"记住了"两岸青山相对出，孤帆一片日边来" ·············· 100
34. 一片冰心在玉壶
　　——愿你的人生心有所持，温润如玉 ·············· 102
35. 学习草的勇气
　　——野火烧不尽，春风吹又生 ·············· 105

3

36. 四季花开
　　——新解"花开堪折直须折,莫待无花空折枝" …… 107

37. 诗意、人情共品味
　　——孤帆远影碧空尽,唯见长江天际流 …… 111

38. 古道热肠重离别
　　——再读李白《黄鹤楼送孟浩然之广陵》及其他 …… 114

39. 人事有代谢,往来成古今 …… 116

40. 母亲花
　　——萱草生堂阶,游子行天涯 …… 119

41. 陌生又熟悉的"唐装"
　　——慈母手中线,游子身上衣 …… 122

42. 抹去岁月灰尘,读诗
　　——以"青梅竹马、两小无猜"诗句为例 …… 125

43. 想象和感觉美好
　　——红豆生南国,此物最相思 …… 129

44. 别在城外　情走天涯
　　——读白居易的送别诗《赋得古原草送别》,兼读李叔同《送别》 …… 131

45. 多景楼上
　　——满眼风光北固楼 …… 134

46. 陈教授的别墅——"悠然见南山" …… 138

47. 佳人穿长裙
　　——北方有佳人,绝世而独立 …… 143

48. 风雪夜归人
　　——国家大剧院同名话剧《风雪夜归人》 …… 145

49. 一座楼成就了武汉的情调
　　——再读崔颢《黄鹤楼》有感 ………………………… 148
50. 诗——
　　一点让人保持浪漫活力的小东西 ………………… 152
51. 大江东去,出自湖北的一首千古名词 ……………… 154
52. 东湖就是这样美
　　——汀沙云树晚苍苍 ………………………………… 158
53. 自然的诗　对自然的热爱 …………………………… 161
54. 麻将是国粹　唐诗也是 ……………………………… 163
55. 景观唐诗　重温乡愁 ………………………………… 165

后记　谨以此书感恩父亲母亲 ……………………… 168
致　谢 …………………………………………………… 169

一、景观唐诗——重建与自然的缘分

1. 细雨鱼儿出，微风燕子斜

——杜甫家的园景　中国人的庭院

庭院，一直以来是以农耕为业的国人传统的理想居住地；庭院与外界距离的隔断，符合"养"气所需要的安静环境；庭院又有院落，使人在安居的同时与自然相融，览风光接地气，可以感受体验到"天人合一"的境界。

所以，千百年来，国人景仰"庭院"，"庭院"情结深入人心。

"深深庭院清明过，桃李初红破"（苏轼），这样的画面，是中国庭院的经典缩写；

"柿树绿阴合，王家庭院宽"（白居易），"开轩面场圃，把酒话桑麻"（孟浩然），这样的庭院生活是富贵、平安、幸福的象征；

"昼永蝉声庭院，人倦懒摇团扇"（陆游），是人与庭院"合而为一"的惬意；

"庭院深深深几许？杨柳堆烟，帘幕无重数"（欧阳修），"无言独上西楼，月如钩，寂寞梧桐深院锁清秋"（李煜），是庭院里春花秋月无尽的情思。

"细雨鱼儿出，微风燕子斜"这两句也是出自庭院诗。这两句诗出自杜甫的《水槛遣心二首·其一》，《水槛遣心》记叙的是杜甫家庭院的园景。

诗人经过安史之乱及长期颠沛流离的生活后，来到远离战火的成都，在郊区有了一个安身的地方——草堂，便对此特别用心经营。一块荒地经过他的开荒、打理，不断扩大新的田园面积，树木也栽多了；水池旁，还添了专供垂钓、眺望的木亭。

水槛遣心二首·其一

杜甫

去郭轩楹敞，无村眺望赊。
澄江平少岸，幽树晚多花。
细雨鱼儿出，微风燕子斜。
城中十万户，此地两三家。

"槛"读音"jiàn"，"水槛"泛指水亭中的栏杆，水亭中有了槛，不仅安全，还可以凭栏眺望；此诗题目"水槛遣心"，即凭栏眺望、舒畅身心之意。"水槛遣心"中的八句，虽然句句写景，但句句有"遣心"之意。

本诗开始写草堂的环境："去郭轩楹敞，无村眺望赊。"草堂离城郭较远，庭院开阔，建筑宽敞，旁无村落，因而能够极目远眺。"去郭轩楹敞"，去郭，远离城郭；敞，开朗，视野开阔。轩楹，代指草堂的建筑物。轩，长廊；楹，柱子。"无村眺望赊"，附近无村庄遮蔽，还可远望。赊：长，远。

随后写作者眺望到的景色，远景是"澄江平少岸"，近景则是"幽树晚多花"：凭槛远望，碧澄清澈的江水，浩浩荡荡，似乎和江岸齐平了；草堂四周郁郁葱葱的树木，在春日的黄昏里，盛开着姹紫嫣红的花朵，散发出迷人的清香。

与因战乱流离失所的逃难生活相比，新开荒出来的草堂称得上"好"庭院，在有限的院落中，泥土、杂草并存，但也充溢着自然带来的诗情画意。

所以，在成都草堂的新院落，杜甫有一些心满意足，有一些惬意和更多的诗意。他在新院落里看也看不够，不仅看到了花、草、树林、清江、春日黄昏，还看到了更生动的景象："细雨鱼儿出，微风燕子斜"——鱼儿在绵绵春雨滴落的湖中摇曳着身躯，吐着水珠儿，欢欣地游到水面上来了；燕子轻柔的躯体在微风的吹拂下，倾斜着掠过水面。

"细雨鱼儿出，微风燕子斜"两句成为历来为人传诵的名句——若是大雨，水面上是看不到鱼的，水上大动荡时鱼都潜在水下，只有"细雨"才会"鱼儿出"；燕子个小体轻，风猛就会避开，只有和风细雨时才会看到，所以"微风燕子斜"。"出"字，写出了鱼的欢欣，"斜"字，写出了燕子的轻盈。

"细雨鱼儿出，微风燕子斜"又自然又生动，所以，千百年来人们都喜欢，都记得。

诗的最后，杜甫对他的新家进行总结："城中十万户，此地两三家。""城中"，指成都。将"城中十万户"与"此地两三家"对照，写出草堂的清幽，是养身宜居的好地方。

这样的庭院，这样的家，自己亲手开荒建成，每一处都留下了自己的汗水和喜爱。

这样的庭院，这样的家，不也是现代人向往的宜居家园吗？

2. 江流天地外，山色有无中

——比天地还要大的空间，就是空白

"江流天地外，山色有无中"是王维的诗《汉江临泛》中的两句。每次读到这首诗感觉都不错，但是总觉得理解不够透彻。

汉江临泛

王维

楚塞三湘接，荆门九派通。
江流天地外，山色有无中。
郡邑浮前浦，波澜动远空。
襄阳好风日，留醉与山翁。

书上常常看到的释意是：莽莽苍苍的楚国要塞，直接三湘大地；横贯其中的荆江（汉水）波涛滚滚，直通长江九派；荆襄平原宽阔平坦，船渐渐地前行，江面越来越宽，山的背影越来越淡，江水延伸到远处，流入天地相连的地方，远山如一抹黛眉，若隐若现……

看到这样的解释，意犹未尽，感觉诗里的一些美好的东西没有解释，但是却说不出来，很郁闷。一直记挂在心。

今天，看到一篇读后感后，知道了郁闷的结在哪里了。

这篇读后感给我很深的感触和印象——"江流天地外，山色有无中"，比天地还要大的空间，就是空白。山色最美的地方在有与没有之间。唐朝的绘画都是彩色的，王维的这两句诗却预示了墨色可以战胜彩色。1000多年来的水墨画，以留白与水墨为主题，与王维贡献出的这种生命经验有关（蒋勋说唐诗，《特别关注》2012年第9期）。

这样的解释让我的郁闷突然消散。在中国画中，仔细想想，除了牡丹画的彩色外，其他的画怎么看都是以水墨为美。特别是水墨与留白结合得好的画，给人美丽而又意味深长的感觉。

留白，为什么美丽而又意味深长？

因为比天地还要大的空间，是空白；

因为有比天地还要大的空间，可以让人神思遐想；

因为神思遐想，内容因人而异，可以丰富多彩。

所以，在那些墨色的画面之外的空白处，可以包容世间无数联想和感情。

空，即是多。

比天地还要大的空间就是空白，联想也是有用的——城市的建筑要留有足够的空间，才有美感和自由。

"江流天地外，山色有无中。"

留有比天地还要大的空间，让读者神思遐想，这样的诗，不美？才怪。

景观诗话 >>>

3. 感受"绿树村边合"那样的房子

改革开放前,我们国家许多地方的住房还比较紧张,五六口人或七八口人住在一、两间房里是常有的事。现在的家庭人不像以前那样多,城市里一个家庭一般都是三口人,三口人住几百平方米,那要空出很多房间呢;对于不管是上班族还是其他所有人来说,屋子里角角落落保持卫生也不是一件轻松的事情。所以,现在也有一些夫妻搬出大房子,只要两室一厅,一间自己住,一间作为客房。

但是,现在城市里很少看见或者听人说住在几百平方米、几千平方米的大树林边,就是像"绿树村边合,青山郭外斜"那样的房子。

"绿树村边合,青山郭外斜"是唐代诗人孟浩然朋友家房子的外景:葱茏茂密的绿树环绕房前屋后,清幽宁静;远处的青山横亘在天外,给人以开阔感,同时又给田园般的家围起了一道天然的屏障。

过故人庄

孟浩然

故人具鸡黍,邀我至田家。
绿树村边合,青山郭外斜。
开轩面场圃,把酒话桑麻。
待到重阳日,还来就菊花。

老朋友杀鸡做饭,邀请诗人到他家去做客,"故人具鸡黍,邀我至田家"。"田家"没有山珍海味,一盘肥鸡、自酿的米酒、五谷杂粮是老朋友待客的佳肴。宴饮时,看看窗外的打谷场和青葱的菜园,年景收成成了主客热情交谈的话题,"开轩面场圃,把酒话桑麻"。

除了主人的热诚接待、宴饮的可口之外,使孟浩然感动的还有那房子外面的青山绿水,"绿树村边合,青山郭外斜",那一派美丽的田园风光。

文人孟浩然不断为朋友的热情和田园风光所感动,也为朋友的热情以及那种田园风光所带来的愉悦深深吸引。临走时,他向主人请求在秋高气爽的重阳节再来拜访,"待到重阳日,还来就菊花"。

做完客,孟浩然走了。

孟浩然走了,他的诗留下了。

孟浩然走了,他的诗永远留下了,几百年、上千年。《过故人庄》不只是留在"故人"那里,也留在了中国文化里。

环顾城市化的今天,大多数住宅小区里高楼大厦鳞次栉比,而绿树就像房屋的化妆品,点缀在楼角边,或者低伏在高楼的包围下；屋子里面大到可以放两个乒乓球桌，屋子外也许只有一个乒乓球桌大的一点小花坛；很多人喜欢以住多大面积为荣，而不是以住在有很多树的地方为乐。

"绿树村边合，青山郭外斜"，这平凡而自然中表现出的山水美丽和田园生活的宁静，仅仅是中国传统中的标志性符号还是存在于我们血液中的基因？在现代成了一个问题，常常引人思考。

那份平凡中的简朴自然、自然中的美丽山水、山水中宁静的田园生活，我们渐渐知道，不只是属于过去。

从无数的教训中，我们明白，那些也是我们现在生活中必需的。因为我们和先辈一样，不能够离开空气而生活。

活得好，必须要新鲜的空气；活得健康、愉快，还需要红花绿草。

从无数的经验中，我们也知道绿色与长寿有关。据报道，东京大都市里长寿老人都住在树木多的地方。看了这则消息后，留心了一下我认得的几个常在院子里晒太阳、活动的长寿老人，一个100岁，一个95岁，一个91岁，一个86岁，他们都住在市中心的一个单位大院里，这个院子有一片生长了50多年的大树林，有几个足球场那样大。从外面进到院子里，第一次来的人总会感叹，在都市中心区还有这么大的有大片树林的花园，空气很好啊；也有人看到都市里的这片大树林、大花园、林荫道，夸奖像人间仙境。

这人间仙境，仅仅是少了几幢高楼，多了一片大树林和花园。

我们如何取舍——在需要昂贵的金钱购买的商品与没有现代价值概念的自然之间？在树林花园和高楼、大房子之间？

受现代教育的人们常常发怵。

"绿树村边合，青山郭外斜"，不是只有英国、美国、丹麦、瑞士……那些国家才有的田园风光。

"绿树村边合，青山郭外斜"，是祖国过去的田园风光，相信，也将是现在的城市风景：如果在城市引进最新绿化观念和技术——立体绿化，如果坚持生态文明建设。

最后，让我们再读一遍《过故人庄》吧。

4. 风景为什么叫：风——景

——读"动枝生乱影，吹花送远香"想到的

开始读"逐舞飘轻袖，传歌共绕梁。动枝生乱影，吹花送远香"这首诗时，只是感觉这首诗字句很美，读起来朗朗上口，反复读几篇，突然明白了一个道理——看风景去，为什么叫看风景？

这首诗写了因为风吹动而带来的各种不同风景中的四种：

第一种是"逐舞飘轻袖"——风吹动着人们的衣袖，使人联想到裙袖飞扬、轻歌曼舞的情景；

第二种是"传歌共绕梁"——歌声因为风在梁间缭绕，使人联想到华丽的音乐大厅、美妙的歌声回响而余音不绝；

第三、四种是"动枝生乱影，吹花送远香"——风摇动树枝，使树影能随意变换，风送来远处阵阵花香。这两句更容易使人联想到大自然四季的变换，"忽如一夜春风来，千树万树梨花开""不知细叶谁裁出，二月春风似剪刀""袅袅秋风起，凄凄寒露零""东风夜放花千树""昨夜西风凋碧树"……

因为风带来的自然景物变化实在是太多了。

风不只是使自然景物变换，当然也使人生出无穷的感叹。

"我寄愁心与明月，随风直到夜郎西""桃李春风一杯酒，江湖夜雨十年灯""人面不知何处去，桃花依旧笑春风""人生自是有情痴，此恨不关风与月"……风花雪月，不仅仅是风、花、雪、月，而且成了人间故事的代名词。

出去游玩，可以理解成看风景，而看花景、看雪景、看月景代表性就没有看风景外延更大一些。

因为，风无处不在，可以听——"传歌共绕梁"，可以看——"逐舞飘轻袖"，可以嗅——"吹花送远香"，可以触摸、可以想象——"动枝生乱影"。所以，是风景，而不是其他花景、雪景、月景，在人们要表达感想的时候更能够表达某种人生感受。

所以，人们常常说，看风景、一道风景、人生风景线等。

咏风

虞世南

逐舞飘轻袖，传歌共绕梁。

动枝生乱影，吹花送远香。

咏风，是写风的风景，写自然的风景。读《咏风》，感觉风也是自然带给人的最美的馈赠之一。

5. 诗中的"流行金曲"《春江花月夜》

近几年听到了一些新的古典韵味的流行歌曲，如《菊花台》《青花瓷》《龙文》《天女散花》等，它们的词都很有古韵，曲也好学好听，不仅仅是年轻人而且是很多人喜欢的流行歌曲。

听到这些歌曲，特别是听到《天女散花》的时候，想起了唐诗《春江花月夜》。

因为词和意境俱美，《春江花月夜》被誉为"诗中之诗""千古绝唱""以孤篇压倒全唐"，这意味着《春江花月夜》1000多年来一直是诗中的"第一流行歌曲"。

但是现在，这种美誉只流传在学术研究或者专业的范围里，尽管有现代版的琵琶曲《春江花月夜》，但是知道琵琶、学习琵琶的人也极其有限，如果把《春江花月夜》也谱成流行歌曲，也许会有更多的人会认识它、欣赏它、喜欢它。

《春江花月夜》的上半段写江南春夜的景色，下半段写游子思妇的离别相思之情。也可以说，诗的上半段写出了现实世界中的"春江花月夜"，诗的下半段写出的是人感情世界的"春江花月夜"。

不看下半段的缠绵悱恻，单看上半段也让人陶醉，词语清丽，韵调优美，读起来诗意盎然：

一、景观唐诗

春江花月夜

张若虚

春江潮水连海平,海上明月共潮生。
滟滟随波千万里,何处春江无月明。
江流宛转绕芳甸,月照花林皆似霰。
空里流霜不觉飞,汀上白沙看不见。
江天一色无纤尘,皎皎空中孤月轮。
江畔何人初见月?江月何年初照人?
人生代代无穷已,江月年年望相似。
不知江月待何人,但见长江送流水。
……

慢慢朗读《春江花月夜》开头两句"春江潮水连海平,海上明月共潮生",眼前宛如一幅月光照耀下的长江画卷正在缓缓展开——宽阔平坦的江面上,远去的流水溶进大海,安静的夜正在来临;江潮与海水一次次相拥而起的时候,月亮同时也被它们托起;江潮与海水一次次相拥,月亮被越推越高、明亮的光辉洒满江面;海上,明月升起来,用美丽和温柔陪伴着长江,回报江水的满腔热情——"滟滟随波千万里,何处春江无月明"。

在《春江花月夜》缓缓展开的画卷中,月亮是那么美丽温柔,江和海是那么宁静,大自然敞开怀抱,万物和谐。

被海潮托起的月亮也映照着江边的大地,岸边的红花绿树在银色的月光沐浴下像雪花闪闪发光,江水宛如在花丛中穿流;

夜深霜起,但在银白色的月光下,空气明镜如洗,岸边沙滩也被染成银白色，与月光融为一体；

"江流宛转绕芳甸，月照花林皆似霰。空里流霜不觉飞，汀上白沙看不见。江天一色无纤尘，皎皎空中孤月轮"——在月亮的光辉下，江水、绿树、红花、沙滩仿佛全都同天空一样，都成了陪衬月亮的风景；反过来，月亮也是与它们不同的风景。

在这安静的月夜，"我"欣赏着这些风景，难免想到一个问题，生命究竟是自然的产物还是上帝的创造？

"我"想知道是什么时候月亮开始与江水做伴，也想知道江月从哪一天开始与人做伴。人与江月的关系，究竟是人先于月、先于水还是月先于人、水先于人？

岁月匆匆而逝，江月年年相同。当我们慢慢吟诵"人生代代无穷已，江月年年望相似。不知江月待何人，但见长江送流水"，当我们流连在春江花月夜里时，也许，"江畔何人初见月？江月何年初照人？"这样的问题就像热恋的人问"你爱我吗？"一样不需要回答。我们在春江花月夜里的感觉已经很多：

生命究竟是自然的产物还是上帝的创造，这并不重要。

重要的是，春、江、花、月、夜同人一样在大自然中共存，同人一样千姿百态，同朋友一样给予我们温情和美好，当你用心感受的时候；

当你忙碌与孤独、当你喜悦与忧愁，无论何时，大自然的阳光、雨露、红花、绿草都会滋养你；

无论何处，土地万物都会陪伴你。

如果没有大自然的风花雪月，只有工业化的物质产品和水泥森林，就像人没有家人、没有同事、没有朋友、没有人讲话一样，多么单调、可怕。

一、景观唐诗

附：全诗及注释

春江花月夜

张若虚

春江潮水连海平，海上明月共潮生。

滟滟①随波千万里，何处春江无月明。

江流宛转绕芳甸②，月照花林皆似霰③。

空里流霜④不觉飞，汀⑤上白沙看不见。

江天一色无纤尘⑥，皎皎空中孤月轮⑦。

江畔何人初见月？江月何年初照人？

人生代代无穷已⑧，江月年年望（一作"只"）相似。

不知江月待何人，但见⑨长江送流水。

白云一片去悠悠⑩，青枫浦⑪上不胜愁。

谁家今夜扁舟⑫子？何处相思明月楼⑬？

可怜楼上月徘徊⑭，应照离人(15)妆镜台⑯。

玉户⑰帘中卷不去，捣衣砧⑱上拂还来。

此时相望不相闻⑲，愿⑳逐月华㉑流照君。

鸿雁长飞光不度，鱼龙潜跃水成文㉒。

昨夜闲潭㉓梦落花，可怜春半不还家。

江水流春去欲尽，江潭落月复西斜（古音 xiá）。

斜月沉沉藏海雾，碣石潇湘㉔无限路㉕。

不知乘月㉖几人归，落月摇情㉗满江树。

注释

①滟（yàn）滟：波光闪动的光彩。

②芳甸（diàn）：遍生花草的原野。

③霰（xiàn）：雪珠，小冰粒。

④流霜：飞霜，古人以为霜和雪一样，是从空中落下来的，所以叫流霜。这里比喻月光皎洁，月色朦胧、流荡，所以不觉得有霜霰飞扬。

⑤汀（tīng）：沙滩。

⑥纤尘：微细的灰尘。

⑦月轮：指月亮，因月圆时像车轮，故称月轮。

⑧穷已：穷尽。

⑨但见：只见、仅见。

⑩悠悠：渺茫、深远。

⑪青枫浦上：青枫浦，地名，今湖南浏阳市境内有青枫浦。这里泛指游子所在的地方。浦上：水边。

⑫扁舟：孤舟，小船。

⑬明月楼：月夜下的闺楼。这里指闺中思妇。

⑭月徘徊：指月光移动。

⑮离人：此处指思妇。

⑯妆镜台：梳妆台。

⑰玉户：形容楼阁华丽，以玉石镶嵌。

⑱捣衣砧（zhēn）：捣衣石、捶布石。

⑲相闻：互通音信。

⑳逐：跟从、跟随。

㉑月华：月光。

㉒文：同"纹"。

㉓闲潭：安静的水潭。

㉔潇湘：湘江与潇水。

㉕无限路：言离人相去很远。

㉖乘月：趁着月光。

㉗摇情：激荡情思，犹言牵情。

解释

鸿雁长飞光不度，鱼龙潜跃水成文。

在中国古代，"鱼雁"和"书信"有着密切的渊源，古称信使为"鱼雁"，也叫"鸿鳞"。古诗文中留有许多记载，如"关山梦魂长，鱼雁音尘少""鱼书欲寄何由达？水远山长处处同"等，唐代著名诗人王昌龄诗中也有"手携双鲤鱼，目送千里雁"的句子。因为传说古代剖鲤鱼时，看见鱼肚里有书信——汉乐府《饮马长城窟行》中有"客从远方来，遗我双鲤鱼。呼儿烹鲤鱼，中有尺素书"——后来人们便把书信叫作"鱼书"了。而鸿雁是候鸟，往返有期，故人们想象鸿雁能传递音讯，因而书信又被称作"飞鸿""鸿书"等。《汉书·苏武传》载："教使者谓单于，言天子射上林中，得雁，足有系帛书。"说的是汉武帝时，苏武奉命出使匈奴，被囚胡地19年，矢志不变。他后来得以归汉，主要是因为匈奴单于相信汉使所说鸿雁传书上林苑，被汉昭帝射获，确知苏武在北海牧羊。匈奴单于无奈，只得放回苏武，"鸿雁传书"一时传为美谈。由于这种渊源，"鱼雁"成了中国早期邮政的象征，如同欧洲一些国家早期邮政以牛号角、牛角头为标志一般。

本诗中这两句其实就是借取"鱼雁"这两个典故而化用到春天江滨景物中的。"鸿雁长飞光不度"，是说传递书信的鸿雁早已经远远地飞走了，而月光又不能渡过，因而也就不能替我传递音信。"鱼龙潜跃水成文"，指传递书信的鱼龙（这里偏指鱼）也跃入幽暗的水底藏了起来，看不见了，只剩下水面的波纹而已，意思还是指找不到传递音信的办法。

6. 淡妆浓抹总相宜
——像唐诗一样意境的宋诗

苏轼写西湖的诗"水光潋滟晴方好，山色空蒙雨亦奇。欲把西湖比西子，淡妆浓抹总相宜。"是像唐诗一样意境的宋诗，是诗雨。

苏轼，杭州人尊称为"老市长"，因为修"苏堤"等政绩，现在的西湖还建有"苏轼博物馆"。

"水光潋滟晴方好，山色空蒙雨亦奇。欲把西湖比西子，淡妆浓抹总相宜。"——《饮湖上初晴后雨》这首诗就是苏轼在杭州当"市长"时写的。

某天，苏轼工作之余，在西湖边饮酒时，突然来了一场雨，他看到了由晴天到雨天西湖的变化，刚刚是清风徐来、阳光映照在粼粼的湖面上，远处垂柳依依的倒影娉婷多姿；雨后却又是烟雨秀色、山色空蒙的另外一幅美景，真像那位天生丽质的美女西施啊。文豪诗兴大发，提笔写成《饮湖上初晴后雨》。

在唐诗宋词的意境中，江南的细雨、远山、碧水，恰如美女的眉眼。人在山水里，流连在小桥流水、烟雨深处，撑一叶小舟，在江南溪水里慢摇，仿佛游走于美女身旁一样，朦胧多情。

西湖的美,特别在那湖岸边一树树的垂柳。有人说,若把西湖的水波山色比作美女西施的脸,河堤的翠柳便是美女秀丽的眉。"画眉深浅入时无?"是的,画眉深浅都入时。西湖像西施一样,是千年时尚的美女。那飘在河堤边的翠柳,就像美女淡淡的、浅浅的妆,细细地匀了眉线的眉。

那湖水如同美人的脸在柳眉含黛中更加娟秀。

那西湖的柳,在诗和词的意境里摇曳。

在唐诗宋词的意境中,江南就是最美的美人。"水光潋滟晴方好,山色空蒙雨亦奇。欲把西湖比西子,淡妆浓抹总相宜。"是这种情结的千古绝唱。

山是眉峰聚,水是眼波横。

古人不仅喜欢说美人如花,也爱将山水比作美人。

美人如花,山水如画,江山美人总相宜。

7. 白居易《暮江吟》赏析

——为什么是"半江瑟瑟半江红"而不是"半江绿色半江红"

暮江吟

白居易

一道残阳铺水中，半江瑟瑟半江红。

可怜九月初三夜，露似真珠月似弓。

注释

（1）瑟瑟：宝石名，碧绿色。（2）可怜：可爱。（3）真珠：珍珠。

　　看到大自然而抒情，是唐诗的一大特色，看到夕阳、暮色而诗情画意，是唐诗的一个"抒情的节点"，如这首《暮江吟》。
　　这首诗是现在人们一看就容易联想到的水景。那次，朋友珍拍的落雁岛落日，就再现了这个意境，整个画面大的景就是水、水后面有一些山，山后面有一些天，山间夕阳已经下去大半，余晖以及倒影斜照在长长的水面上——一道残阳铺水中，半江瑟瑟半江红。有特点的是近景，在水面前，上半部全部是下垂的深绿色树枝，因为是夕阳下，树枝又像是给水面蒙上一层绿影。

《暮江吟》这首28字诗为什么美好而生动形象、而流传坊间？

前人解释很多，如"铺"字用得贴切精当，显示出阳光是斜照而非直射；两个"半"字用得好，强调太阳照水面与没有太阳的水面的区别；可怜，用得好，亲切，通俗……

这些都是对的。但是，今天在上美文课与同学们的谈论中，使我对这首诗有了新的、更深的感悟。

除了上面那些"好"之外，这首诗里"瑟瑟"也用得好。

"瑟瑟"在这里并非只是指代绿色，如果用"半江绿色半江红"，肯定是可以的，但是有"一道残阳铺水中，半江瑟瑟半江红"带来的丰富意境吗？

没有。

为什么？

因为，瑟瑟作为名词，有宝石、绿色的意思；但是，还有一种弦乐器名"瑟"（鼓瑟齐鸣）；瑟瑟作为动词还有抖动（瑟瑟发抖）的意思。所以，用"瑟瑟"而不用"绿色"，读起来很有动感，让人联想、感受到江水在暮色、秋风中曼舞，让人联想到水的流动像鼓瑟齐鸣、余音绕梁的那种感觉；而"绿"，或者"碧绿"，给人的都是静感。

不说"半江绿绿半江红"而说"半江瑟瑟半江红"，这一"瑟瑟"，感觉水在秋风中曼舞，全诗诗意荡漾。

8. 江畔独步寻花

——黄四娘家花满蹊，千朵万朵压枝低

江畔独步寻花

杜甫

黄四娘家花满蹊，

千朵万朵压枝低。

留连戏蝶时时舞，

自在娇莺恰恰啼。

独步寻花：独自一人一边散步，一边赏花。江畔独步寻花：就是一人在江边一边散步，一边赏花。蹊（xī）：小路。花满蹊，开满鲜花的小路。留连：同"流连"，即留恋，舍不得离去。留连戏蝶时时舞，即形容蝴蝶在花丛中飞来飞去，恋恋不舍的样子。娇：可爱的。恰恰：形容鸟叫声和谐动听。时时：时常。啼：（某些鸟兽）叫。

如果不看作者名字，想不到是杜甫啊。杜甫给人的印象是写"八月秋高风怒号，卷我屋上三重茅"那些诗歌的。

但是，这确实是杜甫的诗，而且是杜甫晚年的诗，与那首脍炙人口的"两个黄鹂鸣翠柳,一行白鹭上青天"一样,是写自己家门口的景色——那个家在成都。杜甫安史之乱中逃离长安后,一路逃难到成都,托当"公务员"的朋友帮忙,在成都郊区安家、开荒、种地、种花、养鱼,这个成都郊区的家,就是现在所称的杜甫草堂。诗中提到的黄四娘,是杜甫住在草堂时的邻居。

草堂给杜甫带来安定宜居的生活,诗中也流露出那种因为结束逃亡生活、得以安居而带来的高兴劲,因为只有高兴的时候写的诗也是高兴的——在邻居家门口开满鲜花的小路上流连,看花好,鲜花千朵万朵压枝低,蝴蝶也在花丛中流连;看鸟好,娇莺自在、恰恰啼鸣。

居住在草堂的时候,杜甫用好多首诗歌记录了那里的宜居生活,除这首《江畔独步寻花》外,还有如"细雨鱼儿出,微风燕子斜""好雨知时节,当春乃发生。随风潜入夜,润物细无声"等——这些诗歌都自然而然流露出对自然的喜爱,所以流传至今,一直为世人所喜爱。

9. 一个突然来访的蜻蜓

我们喜欢许多现代文明,看多了才回味到,在最现代文明的地方,人们追寻和喜爱的生活环境正是唐诗宋词里有过的诗情画意。

例如这首宋代小诗带来的意境。

——泉眼无声惜细流,树阴照水爱晴柔。小荷才露尖尖角,早有蜻蜓立上头。

初夏庭院,水池荷花新开,喷泉细流无声,池边绿树婆娑。这是一个被主人精心收拾、布置有序的家的院落,有水(池)有(假)山,有绿树红花,有蓝天白云,有清新的空气。主人"工作"之余,正在其中徜徉,沉浸在静谧而安详的庭院里,气定神闲。

一个突然来访的蜻蜓,打破了院落的宁静,虽然不请自来,但不是她的错!只要你倾听一下,她是在娉婷低语,与花儿热恋。她恋小荷,小荷也在等她。小荷才露尖尖角,早有蜻蜓立上头——美好的初恋。

这蜻蜓与小荷自然而然的低语交流,是一幅给作者多么美好的景象、美好的心情的图像啊。

作者把他看到的美好表达出来，又是这么自然、生动——小荷才露尖尖角，早有蜻蜓立上头，因为记叙了自然界和谐可爱的一个细节，让人回味无穷。

一个突然来访的蜻蜓，因为作者的爱心，成就了一首流传古今的小诗——《小池》。

家有庭院，谓之家庭。

屋后栽竹，门前种松，庭前植桂，坛中牡丹，池中有荷，这是传统中国庭院的基本配置。

庭院中的屋子、院子、春花秋月，一直是中国人最深的幸福情结。

城市化的今天，无论公家花园还是私家花园，树是渐渐有了，花也多起来了，虽然，水池也不少，但大多数水池里却没有水，是干涸的，难道真的缺水到这种程度吗？

小池空空，没有水，没有小荷，当然也没有蜻蜓。

以至于今天我们很少有邂逅蜻蜓的机会。

以至于今天我们很少有给蜻蜓做客的机会。

以至于这样的诗情画意只有在外国庄园里感叹？

童年，曾经有一个蜻蜓，带给我们一首经典老歌——夕阳西下，晚霞一片红，小小红蜻蜓。童年时代遇到你，那是哪一天？

一个更久远的蜻蜓，那个水池荷叶上的蜻蜓，与杨万里那个诗人的邂逅，留给我们一代王朝春花秋月的缩影。

春花秋月何时了，

景观诗话 >>>

往事知多少?
……

  泉眼无声惜细流,树阴照水爱晴柔。
  小荷才露尖尖角,早有蜻蜓立上头。

一个久远的蜻蜓,一个庭院,一个庭院里河塘中的一枝小荷,唉,让人想起了这许多。

10. 江南好

——日出江花红胜火，春来江水绿如蓝

花景总是给人留下深刻的印象。因为花景最常见，最能让人感受到不同于一般大自然的一些最美的地方，最美的时刻，最美的景色，最难忘的人。崔护的"人面桃花相映红"不仅让人感到桃花的烂漫，还有初见时两情相悦、心动的浪漫；白居易的"日出江花红胜火"让人感叹的是，大自然是如何孕育如此艳丽的花朵，诗人又是如何感受这美丽天成的景色而让读者过目难忘的呢？

忆江南

白居易

江南好，
风景旧曾谙。
日出江花红胜火，
春来江水绿如蓝。
能不忆江南？

记得美国有一句话教人保持活力和喜欢学习新东西的动力：

每年必须去一到两个新地方旅游。慢慢感悟到这确实是很有道理的说法：从一个地方到一个新的地方，往往会使人在不经意间就有一些独特的想法，或者深刻的感受，使人对习以为常的事情或者东西也产生了不同的想法和感受，这些不同较之以前是可以消解一些不好的想法，而使人以更积极、美好的态度看待先前的问题或者困难。这句话如同中国的那句老话：读万卷书，行万里路。不同的是，即使不是以读书为职业的人，要想保持积极的生活态度，走万里路也是益处多多。

白居易的诗"日出江花红胜火，春来江水绿如蓝"和他的生活经历，也让人想起了这个说法，北方南方不同的经历，让他对江南的感受比一直生活在北方或者一直住在南方的人更敏感。

白居易在他的青年时期，曾漫游江南，旅居苏杭，中年时曾经担任杭州和苏州刺史，在杭州和苏州定居过，后来因病卸任苏州刺史。刺史是唐朝的州官，从三品，杭州地方最高长官，相当于现在地级市的市长。白居易任杭州"市长"时，给西湖留下了"白堤"，至今西湖边还有他的雕像。

回到洛阳后，南北方交错居住的经历使他对江南留有深刻印象，江南胜景在他的记忆中栩栩如生。白居易在从苏州回到洛阳的第12年后、他67岁时，写下了三首《忆江南》，"日出江花红胜火，春来江水绿如蓝"是其中的一首。

很明显，《忆江南》是一首写于唐朝的词。词的流行是在宋朝，唐朝写词还是少数人的事，白居易是最早写词的诗人之一，忆江南既是标题，也是词牌名；"风景旧曾谙"中"旧曾谙"之意：从前很熟悉；"日出江花红胜火，春来江水绿如蓝"中"江花"：江边的花；"蓝"：蓝草，叶子青绿，可制染料。

在《忆江南》这首词中，白居易没有描写江南惯有的烟雨的特点，而是以"江"为中心写江与江边花树——因为江水清，所以在花树的倒影中，江水碧、绿透；因为江水碧、绿透，所以江边的花格外鲜艳、红火。江上花朵"红胜火"和江水"绿如蓝"的相衬，展现不同于烟雨江南的另一个江南——一个鲜艳夺目的江南。

春风来了，吹拂大地，到仲春时节，江岸两旁草绿了，树绿了，越来越多的地方绿了。

花开了，花红了，越来越多的花开了，越来越多的花红了。

太阳出来的时候，阳光渐渐强烈的时候，放眼望去，那大江就是一幅渐渐展开的鲜艳无比的彩色画：茂密的大树倒映出满江绿影，江水就像青青的蓝草一样绿；阳光映照着岸边鲜花，比熊熊的火焰还要红。

……

如今站在洛阳，看黄河奔腾咆哮，想象曾经在苏杭经历的绚丽多彩、生机勃勃的江南之春，那春色令诗人迷醉；再加上年老多病，重返江南已不是容易的事，诗人不禁深深地叹息：

　　江南好，

　　风景旧曾谙！

　　日出江花红胜火，

　　春来江水绿如蓝。

　　能不忆江南？

能不忆江南？

叫人怎么能不怀念江南呢？

白居易的怀念就像杜牧写"青山隐隐水迢迢，秋尽江南草未凋"一样，让人同情和理解。

11. 平常中的大美

——野旷天低树，江清月近人

美是唐诗给人的最重要的感受。

因为，唐诗中那些简单的、寥寥数笔的自然之美，会慢慢渗透进你的心灵，融入你的世界。当你品味到那些美，开始以同样诗意的眼光发现生活中的些微美好时，你的内心会格外温柔、善良，你的美也被提升了。

下面这首诗，诵读之中就会给人这样的感觉。

宿建德江

孟浩然

移舟泊烟渚，日暮客愁新。
野旷天低树，江清月近人。

这是一首简单的写景诗，诗的每一句也是平常景。

这首诗，一读，很亲切，不陌生，因为它说的是我们都可以感受到的经历。

反复读，很优美。有一种意境是我们平常似乎感觉到、说不出来的，有一些美似乎是我们平常没发现、读后突然又明白的。

建德江，在浙江省，新安江流经建德的一段。

移舟泊烟渚，烟渚——水中有雾的小洲，这是讲明时节是秋天，秋天傍晚才会有雾蒙蒙的感觉。秋江暮色中，移舟，靠岸，在弥漫雾气的沙洲停船。移舟泊烟渚，这是平常人会遇到的平常事。

野旷天低树，江清月近人——打量四周，夜色中月亮正在升起。天上的月亮在这旷野中看得格外清楚，就像比平时离我们近得多。明亮的月光，普照大地；广袤的天空在远处与原野融为一体，远方的树远远望去就像在天之上。

树在天之上，人的思维立即出现旷野辽阔的想象；江清月近人，让你重复想象旷野、明月下的江景——这些我们平常感觉到、说不出来的自然景象。

在这样旷野辽阔的夜晚，一个人出门在外，静下来的时候都会想些东西，最常常想到的肯定是自己的家乡、亲人——日暮客愁新。

诗中出现的旷野、清江、明月、小船、乡愁，像是一幅画，一幅水墨中国画——淡淡的、远远的、朦朦胧胧的，很多留白，安静而秀美。

不是说，你的世界就是你之见，心有多大，世界就有多大吗？当你的心里满满的是大自然中的旷野、清江、明月、乡愁，写在你脸上的自然是诗意，哪怕一点点。

附记

今天开始写这篇文字时（2015年10月24日星期六），看到一则亮眼的报道：《英女王赠送习近平夫妇皇家烛台和莎士比亚诗集》，突然想到唐诗，大美唐诗，是不是也应该成为我们的国礼——成为常规的而不是一时一事的国礼？比喻眼下，电脑里连"国礼"这个词都打不出来——我在电脑上打"国礼",屏幕上没有出现"国礼"这个名词,顺序出现的是"锅里""国立""国力"等词。

关于英国女王送莎士比亚诗集给习主席的报道不长,全文如下:"中国日报10月20日电(记者庹燕南)在习近平主席20日对英的访问中,英国女王不仅高规格动用皇家马车和皇家礼炮,还赠送了她一贯赠送给国家领导人们的礼物——银框镶好的女王和丈夫菲利普亲王的照片。除此之外,她送了主席夫妇一对皇家烛台,主席还获赠莎士比亚诗集一套。

据英国媒体报道,赠送诗集的缘由是女王知道习主席喜爱阅读莎士比亚的作品,这份特殊的礼物被装在一个皮质镀金的盒子中,是由温莎城堡装订工特制的。"

从学术成就和影响来看,有学者认为"就像中国人在宗教音乐和现代舞蹈上远远比不上世界上有些民族一样,而唐诗,则是人类在古典诗歌领域的巍峨巅峰,很难找到可以与它比肩的对象"。

有据可查,莎士比亚十四行诗的结构严谨,他将十四个诗行分为两部分,第一部分为三个四行,第二部分为两行,每行十个音节,韵脚为:abab,cdcd,efef,gg。这样的格式后来被称为"莎士比亚式"或"伊丽莎白式"。对诗人而言,诗的结构越严谨就越难抒情。这种诗歌形式跟中国的唐诗、宋词有相似的地方,都是在严格遵守格律规制的前提下,抒情咏物。

莎士比亚诗因其在西方社会,甚至整个世界文学、艺术和思想领域的巨大影响力,成为英国的国宝。

莎士比亚诗是英国的经典,唐诗是我们的经典,它们都是世界文化的经典。

就唐诗对世界的巨大影响而言,希望唐诗能成为常规的中国国礼。

12. 落霞与孤鹜齐飞，秋水共长天一色

当长途行驶的汽车静静行进在原野上时，恰是下午的太阳与傍晚的夜色接近的时候，有点疲劳，又有点无名的思念和伤感……

突然，出现了一条大河，顺着河水远望，远处有一只、几只的鸟在树梢上高飞、穿向远方的云霞中，有点疲劳的你顿时眼前一亮、神清气爽。

这样的美景——在一望无际的大自然中，飞鸟、落霞连接的天边、水边，夕阳之下，晚霞绚烂耀眼，出现了逆光的鸟，近乎暗影；在对比中鸟的影子更加深暗，晚霞和碧空更加灿烂。

鸟在飞，霞在落；

天空凝然不动，秋水微微荡漾。

岸上的景物倒影在水中。

微风过处，秋水泛起涟漪；涟漪过处，水面上倒映着的景物被荡开后，透出水下的水草、鱼虾……

鸟飞向远方，霞倒映在水中……

这不就是王勃《滕王阁序》中那句最有名的句子吗？不就是"落霞与孤鹜齐飞，秋水共长天一色"的美景吗？

这美景给人愉悦。

但是，也有一点伤感。

"落霞与孤鹜齐飞，秋水共长天一色"给人伤感在于一种静静的联想：晚霞与孤鸟一起飞翔。远远望去，江水似乎和天空连接在一起。晚霞、长空亘古常存，而孤鹜仿佛一个匆匆过客，永恒和短暂在它们的交集中汇合；"孤"鹜与"落"霞齐飞，霞常落，落向西天；鸟常飞，飞向远方。对着那远方水天相接之处的茫茫渺渺，那一只"孤"鸟，会飞向哪里呢？

它，抛弃了什么，在可爱的故乡？

它，寻求着什么，在遥远的异乡？

13. 空山寻桂树　折香思故人

——大自然的语言，真美

空山寻桂树，
折香思故人。
故人隔秋水，
一望一回颦。
南山北山路，
载花如行云。
阑干望双桨，
衣枝储待君。

这首诗是宋代姜夔的《桂花》诗节选。像许多唐诗宋词一样，这也是一首借大自然的语言思念故人的诗。"空山寻桂树"，空山，空旷的山谷；"折香思故人"，写到诗人寻到了桂花却不见自己的朋友。

随后两句回忆与朋友分别时依依不舍的情景。那时候是秋天，"南山北山路，载花如行云"，我们一路从山南山北种满了花树的道上走过来，那些花开的多好啊，像云朵般灿烂，我们就像

37

是在花海中穿行。

送君千里，总有一别。

到了分手的时候了。

"故人隔秋水，一望一回颦"，你渐行渐远，在渡口，隔着秋水，每走一步回头看一次……

中间两联"故人隔秋水，一望一回颦。南山北山路，载花如行云。"回忆分别时的情景，最后两句"阑干望双桨，农枝储待君"又回到眼前：在山上找到了茂密的桂花树，桂花的浓香让人陶醉，怎么会忘记我们分别那年如云的花海，在花海中我们喃喃低语的话别。

现在花还是那么好，故人却已不在。"阑干望双桨，农枝储待君"，我独自凭栏，望着来往远去的行船，回忆旧时的光景，思念着你。采下几枝桂花，浓浓的花香与我同在思念，你闻到了吗？

空山，秋水，如云山花……衬托出作者的孤独怅然，也带给读者天地之间想象的空间；满山寻找桂花，其实是在寻找自己的过去，衬托出时光变迁，物是人非；秋水相隔，一望一回颦，一步三叹，故人依依不舍之情跃然纸上。

空山寻桂树，折香思故人——是在这样的山、树、花中间怀思故人。

别有一番诗的滋味。如果不是这样的组合，若是一个人关在房间里冥思苦想，那又是截然不同的意境了；故人隔秋水，一望一回颦。南山北山路，载花如行云。阑干望双桨，农枝储待君——这样的相思，在追求爱的时候，也带来了美。

这是自然与人和谐的时候带来的美。

流传下来的唐诗宋词中，今天我们能够读到的唐诗宋词中，像这样"天人和谐"的意境比比皆是。

如果，那时候的人们是无意识就在自然中，无意识就把爱与大自然联系在一起给我们带来了美，那么，今天我们似乎应该主动去做到这些——爱自己，也爱自然；追求高科技的美，也追求大自然的自然美。无论是防止雾霾的硬性要求，还是顺应时代发展趋势都有必要。

自然，天地，孕育万物。

我们不是称大地为母亲吗？我们不是喜欢旅行吗？如果那是一个被人为折磨、承受太多困苦的母亲，如果那是一个垃圾遍地、水泥碎瓦的远方，如何把这样的母亲、这样的远方留在诗里？如何把这样的母亲、这样的远方留在记忆里？

14. 汀沙云树晚苍苍

题稚川山水
戴叔伦

松下茅亭五月凉，汀沙云树晚苍苍。

行人无限秋风思，隔水青山似故乡。

稚川，地名。据记载，诗作者戴叔伦曾先后在新城（今浙江富阳）、东阳（今浙江东阳）当过县令，诗中所咏山水，或在两地中某一处。

汀，水边的平地。

秋风思，指思乡情。"秋风思"是一个典故，出自西晋张翰的古诗"秋风起兮木叶飞，吴江水兮鲈正肥。三千里兮家未归，恨难禁兮仰天悲"。——张翰任职的地方在离家乡数千里之外的洛阳，见秋风起，思念江南的家乡吴中，那里多菰菜、鲈鱼脍等美食，于是指命人驾车马，还乡。

这首小诗是写旅行途中小憩时的感想，诵读之中首先带给人风光如画的享受。

"松下茅亭五月凉，汀沙云树晚苍苍"，是即景描写，由近及远。五月，说明作者写诗的时间是仲夏，天气已开始有些暖热，但是作者所在的地点——松树覆盖下的茅亭与这个季节的热不同，野外热气逼人，茅亭凉爽舒适。茅亭不仅凉爽舒适，位置也极好——可以远眺山水。行路人经过此地，在茅亭歇脚，远眺的江山美景不仅消去疲劳，也增添了一份与美景不期而遇的欣喜——"汀沙云树晚苍苍"带给我们的是这样的美景：近处一层是江流，再远一层是对岸的沙洲，再远一层，是郁郁葱葱的树林，更远处的一层是天边云彩。

时近傍晚，汀沙云树渐渐融入暮霭，呈现出一片苍苍茫茫的色调。这两句以茅亭为中心，勾勒出一幅有山有水、有风景有人物（诗人自己就在画中）的暮色山水画。

但是，在美好的景色中，孤身一人在外，在突然停下忙碌、安静下来的时候，特别又是在暮色苍茫的傍晚，很容易想到自己熟悉的人、物，很想有人说说话。

没有熟悉的人在周围，文人只有写诗抒发情感，所以就有很多乡思诗了。

"行人无限秋风思，隔水青山似故乡。"在这样的乡思中，你会发现看见的人中有与你的熟人相似的，看见的物也有与家乡的东西相似的时候，想法特别多。所以作者突然发现隔河相望的青山竟有些像故乡那座朝夕相伴的青山，而一旦发现"隔水青山似故乡"之后，又反过来进一步增强了对故乡的思念。

"隔水青山似故乡"这种瞬间的感觉和联想，既有似曾相识的神往，又含不期而遇的欣喜，也含有虽"似故乡"而终非故土的喟叹。

人复杂的感情就在这很多感慨之间游移、漂浮……

景观诗话　>>>

15. 空山不见人，但闻人语响

——悠然见珞珈　空山养身心

空山不见人，但闻人语响。
返景入深林，复照青苔上。

这首诗是王维山水田园诗中的名篇，是给人美好感觉的自然，不是当下现代城市常见的"十面霾伏"的那种自然。

静谧、幽深，是这些山、水、月、树、青苔最明显的特点，大自然是这些山水诗的主角，那一点点人声就像是大自然的点缀。"空山不见人，但闻人语响。返景入深林，复照青苔上"的现代解释就是"山中静静地不见人影，偶尔听得到几声人语的喧哗。夕阳穿透密密的树林射出一道道金光，连青苔上也辉映着那落日的微光"。

这空山的诗意，这静美的树林，意外在武汉大学的珞珈山上相遇。

珞珈山，不是诗中远离城市的"空山"，就在武汉市中心。上珞珈山，给人的感觉就是刚才还处于喧嚣的城市，突然就和自然拥抱。

珞珈山上，有20世纪30年代给专家名人修建的别墅群，有盘山而上的公路，它们都掩映在葱茏中。沿小路而上，走在山中的盘山公路上，没有人高声喧哗，人与自然相融，我们一下子就体味到了王维"返景入深林，复照青苔上"的意境。

　　那天周末，雨后三月阳光灿烂，约女友叶凌一起去爬珞珈山。我们从武大职工医院那边顺着老旧石阶一级级上山，来到山上的环山路，绕山步行。

　　叶凌虽然久居武汉，多次来到武汉大学，但是因为业务繁忙，还是第一次上珞珈山。珞珈山是武大的大靠椅，整个武大的建筑都处在珞珈山下的环抱中。我们走的是珞珈山上环山路，因为大树遮蔽，目之所及只有"空山"——纯山，看不到山顶，也看不到山下，看到的是与山下校区精美建筑决然不同的、带有"原始气息"的漫山的大树林，起码是60年以上的大树。这让叶凌想起了前不久看到的美国的情况：美国建国才不过两三百年，但到处可见上百年的大树。

　　在大树林中往前走的路上，不断有三三两两的游人，迎面看到两个女生在对着树顶拍照。我们好奇地凑过去，一位女生告诉我们说，那个树顶像个心形的花。顺着她手指的方向看上去，这棵树有四层楼以上的高度，树干是光的，像一棵椰子树，只有树顶有枝叶，那些枝叶竟然长成了三角状，在白云的衬托下看上去很明显就像一个大的心形花瓣，真像一朵开在树顶的花！

　　在大树林中继续往前走的路上，我们看到了贴山边一个小院子，院子里有一栋20世纪50年代的小平房，含苞怒放的月季在小院子围墙上形成了一堵花墙，香喷喷的月季花味道扑面而来。叶凌特意转到旁边的小门，看牌子上写的是"武汉大学空间物理研究所"。

叶凌说，这地方还真是不错，唐诗怎么形容？我想了想，王维是写山水诗的名家，随口背了王维的一首诗：空山不见人，但闻人语响。返景入深林，复照青苔上。

珞珈山虽然不大，但是与山下车水马龙的市区相比，静而古朴、空气清新，鸟语花香，没有水泥森林、没有汽车长龙，让人感觉到了王维诗中那种自然的美好。

读着王维的诗，走在静静的珞咖山上，诗意自然而来：

林中鸟传音，午后光阴静。
悠然见珞珈，空山养身心。

感谢生机盎然的珞珈山，让古老的诗意在今天的城市重现；让大自然的古朴、敦厚温暖水泥森林中久居的现代都市人。

附《鹿柴》全诗解读：

鹿柴
王维

空山不见人，但闻人语响。
返景入深林，复照青苔上。

山中空空荡荡不见人影，只听得喧哗的人语声响。
夕阳的金光射入深林中，青苔上映着昏黄的微光。

注释

（1）鹿柴：辋川的一个风景区。辋川在今陕西省蓝田县，是王维晚年隐居的地方。他在这里经营了一个很大的山间别墅，风景非常优美。柴，读音 zhài。

（2）但：只是。

（3）返景：落日的光辉。

（4）复：又，进而。

鹿柴，这个风景区何以如此命名？有人解释说，因为这里山空林密，是一个麋鹿出没的地方。从王维这首小诗看来，这解释也许不是牵强附会的吧。但诗人所歌咏的，并不是山林间的麋鹿，而是这里静谧幽深的自然环境。

诗的前两句，主要是从音响着眼的：独坐空山密林，终日不见人影，冉冉是无边的寂静，只是偶尔有人从林边走过，那喧嚣的谈话声才将这寂静打破，然而，在一时的喧嚣过去之后，林中的寂静不是越发的深沉吗？"蝉噪林愈静，鸟鸣山更幽"（南朝梁人王籍《入若耶溪》诗句），对于这样的情景，古人是早就深有体验的。

后两句换了一个角度，描写光线：林深树密，阳光稀少，待到夕阳西下的时候，才有几道余光斜射进来，把地上的青苔照得一片明亮。正如闪电能显现夜的黑暗一样，这一点点亮光，反而使人更分明地感到这里的昏暗、幽深。而且，地上长满青苔，也是阳光长期照射不到的结果。

王维（701—761）字摩诘（jié），唐代大诗人，和李白同龄。他也是大画家，最善于描写山水景物和田园风光，成为山水田园诗派的杰出代表。宋朝大文学家苏轼说：王维"诗中有画，画中有诗"。

王维是一位多才多艺的诗人，音乐、绘画方面的精深造诣，使他对声响、光线具有特殊的敏感和兴趣。在这首写景的小诗中，他运用自然界喧与静、明与暗相反相成的原理，借人语的喧响和落日的斜晖来衬托鹿柴山林中的静谧幽深，而这幽静的环境气氛，恰好是对于嘈杂纷扰的官场感到厌倦的诗人所渴求和向往的。

16. 蒹葭苍苍

芦苇，又名蒹葭，平常的草，在平常的记忆里。

不是在别处，是在武汉东湖落雁岛，一个旧时的私家花园里。第一次见识了芦苇的妖娆——自然、生动、别致的实景演出。

芦苇似窈窕淑女，随风起舞。

> 山水大地是舞台；
> 蓝天白云是背景；
> 风是它们的乐队；
> 鸟语花香是它们的粉丝。

这些万千世界的微尘，绿色世界的小草，它们在天地之间自得其乐，诗意盎然。

看到它们长袖善舞的倩影，谁不觉得这些平常的芦苇就是诗意的蒹葭？

难怪《诗经》里的作者见到芦苇能写出那么美的诗：

蒹葭苍苍，白露为霜。所谓伊人，在水一方，溯洄从之，道阻且长。溯游从之，宛在水中央。

叶嘉莹先生说："秋天的时候，水边的芦苇开了白花，与叶子相映衬，白白绿绿的一片；天气转凉，露水也凝成寒霜了。就在这样凄清的季节，我想起来一个人，她在水的那一边。我逆流而上，想去追随她，可路上有很多阻碍，而且太遥远了；我顺流而下去追随她，她好像离我并不太远，就在水的中央。似乎看见她了，可是真要跟她见面，却又找不到她了。"（中华书局《叶嘉莹说初盛唐诗》，127页）

因为流行歌曲《在水一方》，我们读到这首产生于3000多年前的古代诗歌时并不感到陌生，近代学者王国维评这首诗是《诗经》里最有诗意的诗，这让人感到中国人的美感是几千年来一脉相承的。

在恰当的时候，在不经意的时候，这种一脉相承的美感就自然而然地流露出来了。小时候没有学《诗经》，但是知晓一点唐诗，看到水边随风摇曳的芦苇，觉得充满诗意，想起了《在水一方》这首流行歌曲，再读一下《诗经》里这首诗，哦，原来，3000多年前的祖先也是这么有同感，而且记叙的这么富有诗意！

- **附《诗经》解读：**

《诗经》是我国第一部诗歌总集，收入自西周初年至春秋中叶500多年的诗歌305篇，又称《诗三百》。先秦称为《诗》，或取其整数称《诗三百》。西汉时被尊为儒家经典，始称《诗经》，并沿用至今。

17. 云霞出海曙　梅柳渡江春

——江边日出，水边花开

"云霞出海曙，梅柳渡江春"出自初唐诗人杜审言（杜甫祖父）的诗《和晋陵陆丞早春游望》。两句一写江景，一写江边的春景，慢慢读来，很有味道，先人对大自然那一份细腻的感受值得学习。

云霞出海曙

"曙"是晨光，"海曙"就是日出海景。想象在一个望得见山、看得见水的地方，清晨向远处眺望，你看到的就会是"云霞出海曙"——在那样宽阔的水边，太阳不是先从陆地或山上出来，而是先从水中出来。拂晓时，在那地方的日出一定是这样的——先是远处灰蒙蒙的一片天空，然后从水面上透出一点红光，接着越来越亮，最后，一个大红的圆球跳出来了；在太阳光的照耀下，云变成云霞，天空由灰色变成红色、金色、橙黄色……赤橙黄绿青蓝紫，水中也出现了太阳的倒影、赤橙黄绿青蓝紫的水波……早春清晨的天空因为太阳、因为云霞和大海，充满变化和幻想，充满活力和动感。

水上日出，良辰美景。

大自然的朝气蓬勃无形中也给人强烈的冲动和感染，当你身处这样的良辰美景，看到自然万物蓬勃生长时，心中引发的或许是朝气和雄心，或许是想干事情的动力，或许是一天的阳光心情，或许是一辈子的美好记忆。

看"日出"是旅游景点最受人欢迎的项目，或许这就是个中缘由吧。

梅柳渡江春

"云霞出海曙"是海景，"梅柳渡江春"是春景。在有江有水的地方，江水两边早春大自然最常见的变化就是"梅柳渡江春"。

春天来了，春天是怎么来的？是从梅花开、柳树绿看出来的。而且是江南的梅花先含苞怒放、江北的花再开；柳树发芽也是先江南，然后春天的脚步才慢慢地渡过江来。

再留心一下会发现，春天刚到的时候，一朵花是分先后次序开出来的，先是一个花瓣伸出来，像叶芽，然后叶芽长大一点后，另一瓣花再开；待第二瓣花再长大一点后，第三个花瓣再开……依次在几个时辰或者一两天的时间内，一朵小花完全长成，再长大，盛开，怒放。

云霞出海曙，梅柳渡江春。

早春，红花日出，良辰美景，让人朝气蓬勃，也让人感动万分。

但是，《和晋陵陆丞早春游望》全诗给人的不是这样春意盎然的感觉。

作者因为公务常年漂泊在外，或许正在经历一些不愉快的变故，眼前蓬勃的春景给予他的不是轻松愉快，景物的变化使他更多想到的是时光流逝、人生不易以及对家乡的思念。《和晋陵陆丞早春游望》全诗如下：

> 独有宦游人，偏惊物候新。
> 云霞出海曙，梅柳渡江春。
> 淑气催黄鸟，晴光转绿苹。
> 忽闻歌古调，归思欲沾巾。

知道与古诗相关的这些历史，抹去古诗中那些悲伤的"灰尘"，记住"云霞出海曙，梅柳渡江春"那份自然的生气吧。

宦游，似乎是农业时代"公务员"的例行工作，就像现在公务员实行轮岗制一样，古代官员也是轮岗制，不会在一个地方或者一个岗位长期任职，所以时常"宦游"；古代还有一个不能不提到的"宦游"的重要原因——贬官。无论是"轮岗"的宦游，还是贬官的"宦游"，在农业时代的异地远行，都容易引起人的归思心肠，容易引起人的离家别恨。而一个人在思念和愁恨中，对季节的一点点变化格外敏感而多情。

所以，当我们单独看"云霞出海曙，梅柳渡江春"时的感觉与看整诗的感觉会有些不同。

18. 风暖鸟声碎　日高花影重

——雾霾退去后

"风暖鸟声碎，日高花影重"出自晚唐诗人杜荀鹤的《春宫怨》。

春宫怨

杜荀鹤

早被婵娟误，欲妆临镜慵。
承恩不在貌，教妾若为容。
风暖鸟声碎，日高花影重。
年年越溪女，相忆采芙蓉。

喜欢"风暖鸟声碎，日高花影重"这两句诗是因为那天在院子里散步看到的情景，与这诗景极其相似。

风是"暖"的；鸟声是"碎"的——轻而多，唧喳不已，洋溢着生命力；"日高"，阳光明丽；"花影重"，明丽阳光下，花开得繁茂，绮丽而美妙。"风暖鸟声碎，日高花影重"写出了这些盛春正午自然界欢快的景象，刚好与诗中上两句写后宫的凄凉冷寂相对立，反衬宫女被冷落的怨情。

当我在刚刚雨后天晴的院子里漫步，想到刚刚退去的雾霾也突然有一种与泡在雾霾天不同的轻松心情。

前天阴冷、黄雾笼罩的雾霾天气时（前天，2017年春天的某天，下同），武汉的PM2.5是198，昨天下了一场及时雨，空气变得干净了一些，PM2.5降到59了（天努力了，人还要继续努力）；前天石家庄PM2.5破千的视频传遍网络；前天全国中东部重度雾霾的阴影在地图公鸡图像的中心，就像是给公鸡的肚子染上浓浓的红黄色；前天微信朋友圈有人发出雾霾中的北京图片，还配诗——雾霾笼帝都，人人没表情。不知在何处，只在梦里行；前天还听西安的朋友说他们城市PM2.5是500，为什么是500的整数值？因为测试仪的最高刻度是500。

但是，今天，在院子里散步，在没有雾霾的院子里散步（也许是暂时没有），心情与被雾霾包围时完全不同。在那片几十年的大树林围成的花坛散步的时候，因为昨天的一场雨，院子里树叶新绿，在太阳的照射下，生机勃勃。还有鸟声——鸟语声声入耳，走在树林里，像是在听联欢会。合唱、联唱、独唱、对唱交错；高声部、中声部、各声部声情并茂；武汉话、普通话、方言一一登场。太阳是它们的导演，树林是它们的舞台，微风是化妆师，我是它们的粉丝。唉，没有雾霾，只有风暖、日高、鸟声碎、花影重的地方，真好。

雾霾，被雾霾笼罩的地方怎么能像说段子那么轻松？为了缓解紧张，网上段子文章层出不穷。最近读后印象很深的，除了前面的段子，还有很多抒情散文，继《霾是故乡浓》后，又看到《伦敦的雾霾可不是风吹走的》《好吧，霾是自然现象》。

当今消除雾霾，是风雨有效，还是抒情的段子、散文有效？

希望风雨之后，段子和散文之后，用我们对大自然的爱心和保护大自然的行动，迎接"风暖鸟声碎，日高花影重"的日子来临吧。持续，而不是暂时。

19. 青山隐隐水迢迢，秋尽江南草未凋

"青山隐隐水迢迢，秋尽江南草未凋"出自唐朝诗人杜牧的古诗作品《寄扬州韩绰判官》第一、二句，其全诗如下：

青山隐隐水迢迢，秋尽江南草未凋。
二十四桥明月夜，玉人何处教吹箫。

以前读这首诗，总是喜欢"二十四桥明月夜，玉人何处教吹箫"。因为总是听说这两句是名句——在清风明月之夜，想起了曾经与友人一起度过欢悦时光的二十四桥那个美丽的园子，思念友人以至于遥想友人是否又和美女在那里倚箫歌舞。

还听说，在唐代，为二十四桥写诗赞美的有7000余人，编成300多卷的诗集一部，一时蔚为壮观，成为文学史上的美谈。至今我们熟悉的有"春风十里扬州路，卷上珠帘总不如"（杜牧《赠别二首》其一），"十里长街市井连，月明桥上看神仙"（张祜），"夜市千灯照碧云，高楼红袖客纷纷"（王建），"天下三分明月夜，二分无赖（可爱之意）是扬州"（徐凝）等。

二十四桥，网上书面介绍是这样的：一说为二十四座桥。北宋沈括《梦溪笔谈·补笔谈》卷三中对每座桥的方位和名称一一做了记载。一说有一座桥名叫二十四桥，清李斗《扬州画舫录》卷十五："廿四桥即吴家砖桥，一名红药桥，在熙春台后，扬州鼓吹词序云，是桥因古二十四美人吹箫于此，故名。"

但是，2016年10月去扬州，去瘦西湖看二十四桥，那里只有一座石拱桥，之所以叫二十四桥，解说牌上的解释是因为这座桥上有24个石柱子，有24级台阶，有24米长。

不论如何解释，在瘦西湖深处看二十四桥，它确实很美。瘦西湖，是乾隆下江南最喜欢的"颐和园"。二十四桥就是瘦西湖最里面的、最亮的景点——长圆形拱桥，经典款式，适合一切古典和现代的浪漫故事发生。就像国外的经典电影《廊桥遗梦》中的廊桥一样，引人入胜。

但是今天，大寒天读到这首诗，却也有了新的感受，不只是喜欢"二十四桥明月夜，玉人何处教吹箫"，也喜欢"青山隐隐水迢迢，秋尽江南草未凋"；不只是喜欢此诗景致优美带来的美好享受，也喜欢意境深远带来的哲思。

今日，大寒。大寒，是天气寒冷到极点的意思，"大寒到顶点，日后天渐暖"。大寒，也是一年中最后一个节气，大寒过后，又将迎来新一年的轮回。

今天早晨还有寒意，上午却是阳光灿烂。阳台上的花、楼下院子里的树林全是绿意盎然。但是，今天的武汉，我们这里大寒是有绿色有花的寒冷，也许花城广州已是鲜花烂漫的春天。

这种南方北方气候的差异，正像这首诗里说的"青山隐隐水迢迢，秋尽江南草未凋"，当江北的深秋零落不堪的时候，江南却是——青山隐隐水迢迢，草未凋。当北方是天寒地冻坚冰深处时，江南也许是草木葱郁，面朝大海。

高科技的世界更是如此变幻无穷，或许今天上午还在冰天雪地的北国，下午就在阳光明媚的海南了。

诗意开眼界，乾坤无极限。

词语注释

（1）韩绰：事不详，杜牧另有《哭韩绰》诗。判官：观察使、节度使的属官。时韩绰似任淮南节度使判官。公元833年（唐文宗大和七年）至835年（唐文宗大和九年），杜牧曾任淮南节度使掌书记，与韩绰是同僚。

（2）迢迢：指江水悠长遥远。一作"遥遥"。

（3）草未凋（diāo）：一作"草木凋"。凋：凋谢。

（4）二十四桥：一说为二十四座桥。北宋沈括《梦溪笔谈·补笔谈》卷三中对每座桥的方位和名称一一做了记载。一说有一座桥名叫二十四桥，清李斗《扬州画舫录》卷十五："廿四桥即吴家砖桥，一名红药桥，在熙春台后，扬州鼓吹词序云，是桥因古二十四美人吹箫于此，故名。"

（5）玉人：貌美之人。这里指韩绰，一说指扬州歌妓。教：使，令。

景观诗话 >>>

20. 朝雨浥轻尘　新叶新枝新春

——想起了《阳关曲》

送元二使安西

王维

渭城朝雨浥轻尘，客舍青青柳色新。

劝君更尽一杯酒，西出阳关无故人。

"渭城朝雨浥轻尘，客舍青青柳色新。"

如果只读这两句，那就是一幅雨后清新宁静的早春图。如同今天早起所见：

今天晨起，淅淅沥沥的雨，满院子湿润，是那种不大不小的雨，浅绿色的新芽缀满树枝头，却不见水珠。朝雨浥轻尘，满眼一片的新叶新枝，树林后的楼房也被雨水淋湿带走了浮沉，漫天的清新。这样的景让人立即想起了：渭城朝雨浥轻尘，客舍青青柳色新。

但是，整首《阳关曲》（又名《送元二使安西》）读下去，却是不同的感受，并不只如前两句美景那般清新、简单。

这是"劝君更尽一杯酒，西出阳关无故人"带来的。

送元二使安西，题目已经说明了写此诗是为了送朋友元二去边疆安西工作，不是一般的工作，是去守护边疆。

安西，是唐中央政府为统辖西域而设的都护府的简称。王维所处的年代，各种民族冲突加剧，唐王朝不断受到来自西面吐蕃和北方突厥的侵扰。距写这首送别诗的前19年（公元737年），王维曾经受唐玄宗之命以鉴察御史的身份到边疆宣慰，察访军情，沿途他写下了《使至塞上》《出塞》等边塞名篇。所以，近20年后，当他送别友人去边疆时，他的心情是复杂的，他不会不考虑到战争的影响。

因为战争，朋友不能够短时间回来，以后可不知我们还能不能见到……战争残酷无情，曾经到访过边塞的他知道，"古来征战几人回"！但在此诗中不可能强调这个观点，太不人性啊，王维强调的是另外一面，强调的是他自己——"劝君更尽一杯酒，西出阳关无故人"。王维在渭城（西安的西北，秦的都城咸阳）送别朋友，渭城在东，阳关在西，朋友走的时候是"西出阳关"，这时候"西出阳关"，我们也不可能见面了（见面很难有机会、时间）；朋友"你"回来的时候也要"西出阳关"进来相对于王维的位置，朋友元二总是从西边出，西边回，也可能见不到我这个"故人"了——处于河西走廊尽西头的阳关，和它北面的玉门关相对，从汉代以来，一直是内地走向西域的通道，同时也是军事要塞。"玉门关"外基本是突厥的势力范围，西面则是吐蕃侵扰，而"阳关"内则完全属于唐朝的领土。在王维看来，将来友人回来进了"阳关"后才真正表明他回来了。入了关，进入我们的保护范围内，那时"西出阳关"才是真正平安回来了。但是，友人奔赴疆域，然后历经万种艰险，最后凯旋时，"我"——现在的这个送行者却恐怕因年老多病已不在人世了。

事实是，诗人王维在送走友人后不满六年（公元761年）便与世长辞了。

面对分离后的前途，引起诗人的无边联想，而这种联想的思绪也引领读者一起跨越时空，那两个送别到城外还难分别的人、古代边关、征战的边塞、大漠外孤烟，因为王维的诗，不得不引起读者的联想……

"劝君更尽一杯酒，西出阳关无故人。"
生离即死别。
——这是我们读古代送别诗，不好理解的难处，当我们所处的是交通方便、信息方便的时代。

而且，王维即使是写生离死别，前两句也是那么诗情画意——渭城朝雨浥轻尘，客舍青青柳色新。

后两句是暗带聪明和幽默地劝酒。劝君更尽一杯酒，西出阳关无故人——朋友，酒是少不了喝的，再来一杯，不知何时能见到我这个朋友了（送朋友上战场，不说见不到朋友了，而是机智幽默地说见不到"我"了）。

唉，那个田园诗人王维。
——渭城朝雨浥轻尘，客舍青青柳色新。
那个智者王维。
——劝君更尽一杯酒，西出阳关无故人。

21. 见字如面

——苍苍竹林寺，杳杳钟声晚

很多唐诗被称为山水田园诗，其中以王维、孟浩然、韦应物等人的作品为代表的一些诗歌被世人熟知。下面这首唐诗不是出自王维、孟浩然，但也是山水田园诗之佳作，精美如画，见字如面：

送灵澈上人
刘长卿
苍苍竹林寺，杳杳钟声晚。
荷笠带斜阳，青山独归远。

《送灵澈上人》这首诗主题不是写山水而是写分别，但是唐朝的人都是那么纯朴有才，表达出来的诗意，使人感到身临美丽悠远的画景中。

上人，对僧人的敬称；灵澈上人，唐代著名僧人；送灵澈上人，就是送别朋友灵澈。

苍苍：深青色。竹林寺：位于现在江苏丹徒南。杳（yǎo）杳：深远的样子。苍苍竹林寺，杳杳钟声晚——青青的竹林、竹林掩映的寺庙、逶迤的远山、在山林中回响的寺庙里的声声暮钟……在这样的背景中，是朋友渐行渐远的背影。

朋友独自渐行渐远……

向山上。

斜阳从树林中穿过。有束光照在他背后的斗笠上，还有上山的那条小路——荷笠带斜阳，青山独归远。

荷（hè）笠：背着斗笠。荷，背着。再读：

苍苍竹林寺，杳杳钟声晚。
荷笠带斜阳，青山独归远。

诗读完了。

20个字。

诗意却没完。

那个耳闻暮钟、目送朋友上山的人还在那里啊。

那寺院传来的杳杳钟声，触动诗人的思绪；那青山独归的灵澈背影，勾起诗人的诗意。

他心思而神往，把对朋友的深情写进了诗，也留给了历史，把"苍苍竹林寺，杳杳钟声晚。荷笠带斜阳，青山独归远"的美景深情留给了我们。

城市化的时代，大家都在反思已经多年的城市水泥森林的不宜居，还有近年的"十面霾伏"对人健康的直接危害。每每看到安静的夕阳远山、田野泥土，就想起了这首诗，想起了小时候家旁边的郊野，想起了我们共同的遥远的故乡……

不忘初心。

初心难忘。绿色自然的生活，是我们永远难忘的故乡，是我们不能忘记的"初心"。

22. 鸡声茅店月，人迹板桥霜

——让"鸡"立于诗词之林的诗

今年（2017年）是鸡年，网络上关于"鸡"的诗词多起来了，但是没有全记下来，只记得这两句：

鸡声茅店月，人迹板桥霜。

因为"鸡"年的缘故，附带也把这首让"鸡"立于诗词之林的诗又认真地学习了一下（如果非要把这首诗归于写"鸡"的诗）。

商山早行

温庭筠

晨起动征铎，客行悲故乡。
鸡声茅店月，人迹板桥霜。
槲叶落山路，枳花明驿墙。
因思杜陵梦，凫雁满回塘。

茅草房子的旅店、店前的车马铃声、马旁边忙碌的落寞旅人；拂晓鸡叫、树梢上的落月映照着那边板桥霜上几个稀疏的脚印——晨起动征铎，客行悲故乡。鸡声茅店月，人迹板桥霜。这是农业社会的乡村黎明，这是那个时代出门在外早行的特写。

　　古时长途交通除了步行，主要是马车。行程长的时候，旅客为了安全，一般都是"未晚先投宿，鸡鸣早看天"。所以出门在外早行时，必然少不了鸡声和月，茅店、马车、马的铃铛声。"晨起动征铎""鸡声茅店月"，把旅人住在茅店里，听见鸡声就爬起来看天色，看见西天上有月，就收拾行装、出门喂马、动身赶路的特征都有声有色地表现出来了。

　　女友李老师住在芝加哥，今天早上看到她发的微信图片是芝加哥的市貌：一湾长的海岸，一片辽阔的大海；还有一片片的高楼，透过高楼大厦的蓝天，蓝天上大朵的白云——文字说明是，没有盼来芝加哥今冬的大雪纷飞！却有碧水蓝天、钢筋水泥，让人流连忘返！

　　这是典型的沿海都市场景，大海蓝天，水泥森林。

　　如果现代都市出行，肯定少不了拖着旅行箱在出租车、地铁中穿过水泥森林似的大半个城市，到高铁站、机场。与过去"未晚先投宿，鸡鸣早看天"相比，现代都市出行早起看天色，有的；天上月色，有的；鸡声，没有了，车马铃铛声，没有了，旅游风景区才有；出门先买预售票，未住酒店先预约。

　　黎明鸡叫报晓，茅草店还披星戴月时，即起床收拾行李粮草；车马铃声暗暗震动，那里面也是一路远行游子的悲思；唉，旅店门口的木板桥上早春的寒霜已经足迹依稀，"莫道君行早，更有早行人"啊。

　　启程，前行。

淡白色的枳花，小小的、一丛丛的在早春里开放，晨雾中格外鲜明，映照在驿站的泥墙上。前行的荒野小路上落满了去年冬天的槲叶。眼前，静静的山路，没有人声喧哗，也没有都城那满园春色、那一湾碧水中嬉戏的鸭群和鹅——这些故乡美好的情景，因为"工作调离京城"只能是梦见了。眼见的只有"槲叶落山路，枳花明驿墙"。

槲叶落山路，枳花明驿墙。
因思杜陵梦，凫雁满回塘。

这几十个字的短诗，留给我们那个时代生动的"旅游景象"——鸡声茅店月，人迹板桥霜，与现在，高铁、汽车、地铁、旅行箱完全不同的特征和景象。

词语注释

（1）商山：山名，又名尚阪、楚山，在今陕西商洛市东南山阳县与丹凤县辖区交汇处。作者曾于大中（唐宣宗年号，847—858）末年离开长安，经过这里。

（2）动征铎：震动出行的铃铛。征铎：车行时悬挂在马颈上的铃铛。铎：大铃。

（3）槲（hú）：陕西山阳县生长的一种落叶乔木。叶子在冬天虽枯而不落，春天树枝发芽时才落。每逢端午用这种树叶包出的槲叶粽也成为当地特色。

枳花明驿墙：明：使……明艳。枳（zhǐ）：也叫"臭橘"，一种落叶灌木或小乔木。春天开白花，果实似橘而略小，酸不可吃，可用作中药。驿（yì）墙：驿站的墙壁。驿：古时候递送公文的人或来往官员暂住、换马的处所。这句意思是说，枳花鲜艳地开放在驿站墙边。

(5)杜陵：地名，在长安城南（今陕西西安东南），古为杜伯国，秦置杜县，汉宣帝筑陵于东原上，因名杜陵，这里指长安。作者此时从长安赴襄阳投友，途经商山。因思杜陵梦，意思是因而想起在长安时的梦境。

(6)凫（fú）雁：凫，野鸭；雁，一种候鸟，春往北飞，秋往南飞。回塘：岸边曲折的池塘。凫雁满回塘，写的就是"杜陵梦"的梦境。

23. 千里黄云白日曛

——但愿不是"霾是故乡浓"

"千里黄云白日曛"这句诗之前读过,印象总是有点模糊,特别是"曛",总是记不大清楚。但是,一篇写雾霾的散文,使我对这句诗记忆特别深刻了。

曛,即曛黄,昏暗。因为周围很少人抽烟,偶尔看到满屋烟雾缭绕下那种曛黄的情景,也是过目即忘。

冬日的早晨(2017年某个冬日的早晨),7点多了窗户外才渐渐有了亮色,不是明亮,是清冷的、阴阴地亮,一些树枝上挂着零落的黄叶,棕色的、干枯的果在阴冷中摇曳;一些树枝上,绿叶在清风中瑟瑟——寒潮来了,深冬。

这一片有雾霾之嫌疑的阴冷,让人一下子想到昨天看到的《霾是故乡浓》那篇文章——

乙未年末,我在海南耽搁了几日。茶酒之余,总有些若有所失的惆怅。今夜山雨初歇,月华如昼,我忽然怀念起故乡的霾了。

我的故乡邯郸现在正是"品霾"的好季节。放眼望去,莽莽苍苍,迷迷蒙蒙,好似混沌未开,忽而海市蜃楼,今夕何夕,恍如隔世。此际，约三五好友，登高赏景，边赏边吟，长啸当歌，说不尽的魏晋气象。

……

一方水土一方人。从对霾的态度可知此言不虚。北京人露了怯，谈"霾"色变，惶惶不可终日，一副没见过世面的样子。邯郸人自有燕赵遗风，"泰山崩于前而心不惊，麋鹿兴于左而目不瞬"。广场舞依然火爆，公园、河边，成群结队的民间合唱依旧嘹亮。尤见精神的是他们绝不屑于戴口罩，蔑视任何借助外物的懦弱行为，并从人体的抗药性推断出抗霾的必然性。若非荀子门生，断无这等见识。我们有时真的不得不佩服邯郸人的抗霾能力。

……

这散文真的是魏晋之地精英之手笔，无论评什么奖，我都会投一票，不管算不算数。

因为这篇文章，因为雾霾中黄云、沙尘漫天，咳嗽、咽痛的经历，突然想起了"千里黄云白日曛"这句诗，并对其理解加深，对"曛"记得非常清楚了。

自然界的冬日，如若是落日黄云、大野苍茫、大雪纷飞，北风狂吹之时，即是"千里黄云白日曛"之时；但是现在每个城市雾霾天气的时候，黄云漫天、沙尘滚滚，灰尘无孔不入的时候，满目"莽莽苍苍，迷迷蒙蒙，好似混沌未开，忽而海市蜃楼，今夕何夕，恍如隔世"景象的时候不也是"千里黄云白日曛"吗？雾霾，虽然不是"千里黄云白日曛"的原意，却使我们看到了1000多年前"千里黄云白日曛"的类似场景。

我们喜欢欣赏"千里黄云白日曛，北风吹雁雪纷纷"，那是自然界的落日、黄云、大野苍茫、大雪纷飞，北风狂吹；大雪纷飞，于北风狂吹中，遥望高空断雁，出没寒云的诗意之美；更喜欢"莫愁前路无知己，天下谁人不识君"这两句劝慰，这不仅是诗人对朋友的劝慰，也是对天下知音的劝慰和激励，劝慰"我们的同志在困难的时候要看到光明"，努力前行的路上就会有知音，激励朋友抖擞精神去奋斗、去拼搏，才会有知音。

但是，今天读到这句诗，联想到时不时会到来的雾霾带来的"千里黄云白日曛"，对这句诗真的又多出一些感慨。

"吸雾霾吐铁钉，吃农药拉蚊香"是讽刺，也是在提醒人们——雾霾让"千里黄云白日曛"的时候，难受和患病的隐患不能不正视；"吸雾霾吐铁钉，吃农药拉蚊香"是在警告人们，人类对自然的肆意开发利用使得自然在生气、发脾气，自然生气、发脾气后果很严重；"吸雾霾吐铁钉，吃农药拉蚊香"是让人们反思，只记得"四海之内皆兄弟"，却不记得"天地万物是朋友"的偏激！

重建与自然的缘分，消除雾霾带来的"千里黄云白日曛"，还诗意的"千里黄云白日曛"——这是我们这代人的责任。我们不需要那么多的世界第一高楼，不需要那么高速的GDP，我们需要经济发展，我们也需要兼顾经济发展与生态保护的平衡。

重建与自然的缘分，消除雾霾带来的"千里黄云白日曛"，还诗意的"千里黄云白日曛"，这是我们必须留给后人的交代。

附全诗以及解读：

别董大

高适

千里黄云白日曛，北风吹雁雪纷纷。

莫愁前路无知己，天下谁人不识君。

"千里黄云白日曛，北风吹雁雪纷纷。"这两句以其内心之真，写别离心绪，故能深挚；以胸襟之阔，叙眼前景色，故能悲壮。曛，即曛黄，指夕阳西沉时的昏黄景色。

落日黄云，大野苍茫，唯北方冬日有此景象。此情此景，若稍加雕琢，即不免斫伤气势。高适于此自是作手。日暮黄昏，且又大雪纷飞，于北风狂吹中，唯见遥空断雁，出没寒云，使人难禁日暮天寒、游子何处之感。以才人而沦落至此，几使人泪可下，亦唯如此，故知己不能为之甘心。头两句以叙景而见内心之郁积，虽不涉人事，已使人如置身风雪之中，似闻山巅水涯有壮士长啸。此处如不用尽气力，则不能见下文转折之妙，也不能见下文言辞之婉转，用心之良苦，友情之深挚，别意之凄酸。

"莫愁前路无知己，天下谁人不识君。"这两句是对朋友的劝慰：此去你不要担心遇不到知己，天下哪个不知道你董庭兰啊！话说得多么响亮，多么有力，于慰藉中充满信心和力量，激励朋友抖擞精神去奋斗、去拼搏。因为是知音，说话才朴质而豪爽。又因其沦落，才以希望为慰藉。

<<< 一、景观唐诗

24. 明月几时有？雾霾出来了！

在古代，明月与雾霾几乎没关系，明月与诗意和趣味有非常浓厚的关系，如苏轼那首至今被人们喜爱的月亮诗（诗意的词）——《水调歌头·明月几时有》。今日，人们念叨"明月几时有"，有时心情是复杂的，特别是在雾霾出来的时候。而在古代，人们说"明月几时有"，是那么有诗意。

朱光潜先生说，所谓"诗"并无深文奥义，它只是在人生世相中见出某一点特别新鲜有趣而把它描绘出来。与其他文学作品相比，诗是更严谨、纯粹、精致。词也是如此，在人生世相中见出某一点特别新鲜有趣而把它描绘出来，词除了精致，因为长短句表达得更为自由、畅快，词比诗更让读者感到浪漫，如这首《水调歌头·明月几时有》。这首词写的是人人见过的月亮，从古至今没有变化的月亮：

明月几时有？把酒问青天。
不知天上宫阙，今夕是何年。
我欲乘风归去，又恐琼楼玉宇，高处不胜寒。
起舞弄清影，何似在人间？

像这样意境开阔、胸怀旷达地与明月对话的词，浪漫的色彩、潇洒的风格和行云流水一般的语言带给读者美好的享受，如此这般写明月，从这首词流传之广的角度来看，这是至今无人超过的月亮词。

词的下片继续着与明月的对话，由中秋的圆月联想到人间的离别，在对话中探讨着人生的意义——引起人们在诗意中对人生的理性思考。

  转朱阁，低绮户，照无眠。
  不应有恨，何事长向别时圆？
  人有悲欢离合，月有阴晴圆缺，此事古难全。
  但愿人长久，千里共婵娟。

古人胡仔在《苕溪渔隐丛话》说："中秋词，自东坡《水调歌头》一出，余词尽废。"认为这是写中秋最好的一首词。这首词写于1076年，至今已有942年。但是即使过了近千年，这样的说法还是一点也不过分。月亮，人人都说得出一些感受，但是用"明月几时有？把酒问青天""但愿人长久，千里共婵娟"这样一种恰如其分的简朴而隽永的语言表现月亮以及人间的哲理，还一直是人们的共同心愿。

该词中有一种趣味，一种"对生命的彻悟和留恋"的趣味，一种使得生命像流水般"时时刻刻都在进展和创化"的诗意趣味。

这也是我们学习诗词要学习的真谛——在平凡的人生世相中见出一些特别，或是新鲜有趣的东西而把它描绘出来，使我们的生命具有浪漫和活力。

生命的浪漫和活力，一部分来源于我们的精神世界和现实，一部分来源于充满浪漫和活力的大自然——那些万年不语而年年有新意的山、水、天、月……

高科技的现代,一切乐趣越来越层出不穷时,月亮、星星几乎不见了,大自然缺席了。大自然的乐趣与诗意越来越少了的时候,雾霾时而出来为大自然代言了——不让出月亮,不让出星星,就出雾霾吧……

当我们都意识到这些的时候,当我们都爱惜绿色不乱丢垃圾的时候,"明月几时有"之诗意也在归来。

附《水调歌头·明月几时有》的详细解释:

这首词的作者苏轼,字子瞻,号东坡居士,是两宋时代、也是中国历史上少有的文艺全才,诗、词、散文以至书法、绘画等都有极高成就。无论是诗词还是散文,都表现出题材广泛、思想深刻、境界高远、笔力遒劲的特点,对当时及后世都产生了极其深远的影响。

此词作于宋神宗熙宁九年(公元1076年),即丙辰年的中秋节,为作者醉后抒情、怀念弟弟苏辙之作,也是苏轼哲理词的代表作。词中充分体现了词人对永恒的宇宙和复杂多变的人类社会两者的综合理解与认识,是词人的世界观通过对月和对人的观察所做的一个以局部足以概括整体的小总结。词人俯仰古今变迁,感慨宇宙流转,厌薄宦海浮沉,在皓月当空、孤高旷远的意境氛围中,渗入浓厚的哲学意味,揭示睿智的人生理念,达到了人与宇宙、自然与社会的高度契合。全词运用形象的描绘和浪漫主义的想象,紧紧围绕中秋之月展开描写、抒情和议论,从天上与人间、月与人、空间与时间这些相联系的范畴进行思考,把自己对兄弟的感情,升华到探索人生乐观与不幸的哲理高度,表达了词人乐观旷达的人生态度和对生活的美好祝愿、无限热爱。

上片一开始"明月几时有？把酒问青天。"这两句是从李白的《把酒问月》中"青天有月来几时？我今停杯一问之"脱化而来的。"举着酒杯询问青天，天上的月亮是何时有的"？此句充分显露出词人率真的性情，也隐藏着内心对人生的痛惜和伤悲。接下来两句："不知天上宫阙，今夕是何年"是问的内容，把对于明月的赞美与向往之情更推进了一层。从明月诞生的时候起到现在已经过去许多年了，不知道在月宫里今晚是一个什么日子。词人想象那一定是一个好日子，所以月才这样圆、这样亮。他很想去看一看，所以接着说："我欲乘风归去，又恐琼楼玉宇，高处不胜寒。"他想乘风回到月宫，又怕那里的凄凉，受不住那儿的寒冷，这是何等奇特的想象，这里表达了词人"出世"与"入世"的矛盾心情。"乘风归去"说明词人对世间不满，"归"字有神仙自喻的味道，好像他本来住在月宫里，只是暂住人间罢了。一"欲"一"恐"显露了词人千思万虑的思想矛盾，真可谓"奇逸之笔"。"起舞弄清影，何似在人间？"与上紧密相接，写词人在月光下翩翩起舞，影子也在随人舞动，天上虽有琼楼玉宇也难比人间的幸福美好。这里由脱尘入圣一下子转为喜欢人间生活，起伏跌宕，写得出神入化。"转朱阁，低绮户，照无眠"中，转和低都是指月亮的移动，暗示夜已深沉。月光转过朱红的楼阁，低低地穿过雕花的门窗，照着屋里失眠的人。"无眠"泛指那些和自己相同的因为不能和亲人团圆而感到忧伤，以致不能入睡的人。月圆而人不能圆，这是多么遗憾的事啊！于是词人埋怨明月说："不应有恨，何事长向别时圆？"明月您总不该有什么怨恨吧，为什么老是在人们离别的时候才圆呢？这是埋怨明月故意与人为难，给人增添忧愁，却又含蓄地表达了对于不幸分离的人们的同情。词人思想是豁达的，他需要自我解脱，所以他以质问的语气发泄佳节思亲的情感。接着,词人把笔锋一转,说出了一番宽慰的话来为明月开脱:"人有悲欢离合,月有阴晴圆缺,此事古难全。"人世间总有悲、欢、离、合,像天上的月亮有阴、晴、圆、缺一样,这些自古以来都是难以周全圆满的。此句流露出了词人悟透人生的洒脱和旷达的性格,也是对人生无奈的一种感叹,这里以大开大合之笔从人生写到自然,将各种生活加以提炼和概括,包含了无数的痛苦、欢乐的人生经验。结束句"但愿人长久,千里共婵娟。"只希望人们能够永远健康平安,即使相隔千里也能在中秋之夜共同欣赏天上的明月。这里是对远方亲人的怀念,也是一种祝福。

词人最初幻想仙境,要到月宫里去,脱离曾让他无限烦恼的人间,但是词人终究是现实的,对人生是热爱的,因此,亲手抹去了这种虚无的画景。

《水调歌头·明月几时有》之所以能传诵千古,在我看来原因有三:

首先,由于它高旷的胸襟、丰富的想象和奇妙的艺术构思,使这首词所展示的形象广阔而深刻,具有很高的审美价值和艺术魅力。立意、构思奇逸缥缈,以超现实的遥想,以虚无缥缈的幻想世界,表现非常现实而具体的人之常情。词人通过对月宫仙境的想象,在一种极富神秘色彩的探索和思考中,表现自己的思想矛盾与波折,人生体验与认识。这种表现不仅超凡脱俗,也构成了本篇的浪漫主义色调和超旷飘逸的风格。

其次,它所抒写的"此事古难全"的离愁别恨能激起各个时代、各种类型的读者的共鸣;以月为主线,使情、景、理融会贯通起来,是本篇的又一突出特色。上片开头,由月展开思索,通过连续发问,表现对超脱出世的向往。下片亦由月生情,用月的阴晴圆缺,比赋人间的悲欢离合。全篇以月成景,由月生情,又以月明理,寄寓着词人的人生理想，也使得本篇显得境界高远，意味深长，情味厚重。

最后，词中对美好生活的祝愿已越过苏轼兄弟的界限，"变为一切热爱幸福生活的人的共同希望"。但愿人长久，千里共婵娟，寄寓了苏轼对天下人的一种美好的祝福，表现了他宽大的胸怀和气魄。

全词情感放纵奔腾，跌宕有致，结构严谨，脉络分明，情景交融，紧紧围绕"月"字展开，忽上忽下，一会离尘，一会入世，语句精练自然，显示了词人高超的语言能力及浪漫洒脱超逸的词风。

25. "双11"疯狂购物节读"人间有味是清欢"

近8年来每年的11月11日成了一个新节日——疯狂购物节。今天,又到了11月11日,早上一条《人民日报》新闻,很多没有疯狂购物体会的人看了肯定觉得好笑:党员干部"双11"不能任性买和卖!

天猫"双11"到底有多疯狂,以至于《人民日报》发文管理"任性买和卖"?看看数据。今天上午(2016年11月11日)网上信息:

"……在买买买的同时,各项数据也在不断刷新:52秒破10亿元,1小时破353亿元,超2013年全天,首单13分钟便送达签收……";

一年一度的"双11"电商狂欢节开始,手机厂商也迎来了一次中考。截止到00时5分23秒,小米天猫旗舰店销售额已经超过一亿元。

时间还只是上午,购买还远没有结束。

看完疯狂购物的热闹,正好读到苏轼的《浣溪沙·人间有味是清欢》。

喜欢苏轼的大气，也喜欢他词意中的"清欢"。苏轼大多成就是在被贬出京城任职期间完成的，无论是最好的诗文——"十年生死两茫茫，不思量，自难忘""大江东去，浪淘尽，千古风流人物"还是最好的政绩——修建西湖苏堤。苏轼曾经被贬到杭州任太守，带领民众疏通西湖，筑堤防洪，今天杭州人还亲切地称苏轼为"老市长"。

浣溪沙·细雨斜风作晓寒

苏轼

元丰七年十二月二十四日，从泗州刘倩叔游南山。
细雨斜风作晓寒，淡烟疏柳媚晴滩。入淮清洛渐漫漫。
雪沫乳花浮午盏，蓼茸蒿笋试春盘。人间有味是清欢。

早春，在依山傍水、细雨斜风中前行。山边，淡烟疏柳，迷雾朦胧，乍暖还寒；河边，太阳照耀下却是另外一种景象，浅滩上阳光明媚，两河交汇豁然开朗，迤逦向前。

细雨斜风，淡烟疏柳，明媚的晴滩，漫漫河水——这些描述，词人感受到大自然山水之中的清新、开朗扑面而来。

继续前行，上南山。在好友的陪同下，游南山。

不知不觉，已经到了中午。

大山的清新使人神清气爽，心情舒坦，趁着这份好心情，吃一份农家饭，感觉如何？中午时分，在山庄农家，品尝一杯浮着雪沫乳花似的清茶，就着新春的蓼芽、莴笋等素菜，那感觉很好啊——人间有味的是这样清淡的欢愉！

清新的大自然，破土而出的山野菜、茶，是当年苏轼的"清欢"，也是中国人几千年来"天人合一"价值观的佐证。从晋代陶渊明"采菊东篱下，悠然见南山"以来，在流传至今的无数古典诗词中都有印证。只不过，在苏轼的诗词里面，这种对"天人合一"的喜爱又出现了一个新高潮。

中国的这种"天人合一"，这种"清欢"，既是对大自然的喜爱的直接表现，同时也直指一种"不怕失去物质富裕""不把物质追求视为最高"的精神境界。

但是，相对于1分钟不到交易10个亿；5分钟之内，手机一个品牌买1个亿、一天交易1207亿——现代商业与互联网"加"可以做到的任性，这种"清欢"何其"渺小"。"狂欢"何其诱人？当下，普通老百姓的婚嫁喜庆、亲友聚会，看到的多是追逐时髦，讲究热闹的排场；连中小学生在节假日都躲进游戏机室去潇洒"狂欢"。似乎缺少了热闹、狂欢，就淡薄了人情、世故，跟不上潮流！最极端的是有一些人就在这种追求世俗的"狂欢"中迷失方向：贪官在"狂欢"中鲸吞，奸商在"狂欢"中作假，纸醉金迷的暴发户在"狂欢"中挥金如土，缺乏制约的贷款集资在"狂欢"中带来无数血的代价……

唉。大山，野菜，清茶，怎么与名牌衣服、包包、化妆品、尘世的繁华相比？

知道苏轼会怎么回答吗？

没有疯狂过度的人，老天自有奖励。

我听到，东坡大人说。

26. 江山美景
使人与自然融为一体

——再读崔颢《黄鹤楼》

黄鹤楼之所以有吸引力，有一个重要的原因，它不仅是一个景点，也是一个看景的点。

这里江大，水大，自然大，人渺小。

这个原因往往被现代人忽视，或者因为常见而没有感觉。黄鹤楼处江山美景浑然天成，让人一见钟情，与自然融为一体、情思悠长。黄鹤楼是观景的绝佳处，也是与自然对话的绝佳处，黄鹤楼精美的建筑使美景锦上添花。崔颢的《黄鹤楼》之所以千古流传，就是准确表达了人们在黄鹤楼处看到江山美景一见钟情、情思悠长的那种共同的感觉。

多年前，成年后第一次在长江大桥上看龟蛇两山下长江奔流的景象，那种美景，以及那种美景带给人的联想至今刻骨铭心。

那时，千年的龟山、蛇山依旧清秀，还没有现在的黄鹤楼。有大桥，古典雕花栏杆的大桥，雄伟，又精致，像一弯新月架在龟蛇两山中间。两山一桥本身就是美景，古典的长江大桥就形成了天然的观景台。站在大桥上，放眼远眺，看汉江与长江汇合，清白色汉水挨近长江立马就消失在滚滚浑黄色洪流里了；看大船穿过大桥，随着流水一点一点向前，慢慢变成了横卧在江上一动不动的小船；看蓝天白云下滔滔江水一浪催一浪，奔流，奔流到天边，一动不动，那水天一线处，又仿佛无边无际……

站在龟蛇两山处的长江，你看到的就是这样广阔、宏伟的天与地。

置身于这样广阔、宏伟的天地中，无言无语的大自然以其长久、阔大的存在叫你自然就会想到，或者明白在无限大的大自然中，在无限长的大自然中——

什么是过眼烟云，

什么是名垂青史。

什么值得珍惜，

什么不需要纠缠。

同时，也会对这里过往的那个传说浮想联翩，因为，除了此处的江、山，留下来的就是传说了。

所以，崔颢的《黄鹤楼》给人的感觉也是那样的悠悠情长。诗人在看到这里的自然景色后，诗的开头就是回忆几百年前的过去：昔人已乘黄鹤去，此地空余黄鹤楼。黄鹤一去不复返，白云千载空悠悠。

诗的下几句才回到当下，写当时的景色和思乡的感情：晴川历历汉阳树，芳草萋萋鹦鹉洲。日暮乡关何处是？烟波江上使人愁。

"晴川历历汉阳树，芳草萋萋鹦鹉洲"，秀丽的风景，也是雄伟的，如同武汉地处中部，接南方之娟丽，也连北方之厚重，其

81

风景也是南北之美兼具。

"晴川历历汉阳树，芳草萋萋鹦鹉洲"的美景已经历1000多年的变化，今天的武汉，"晴川""汉阳""鹦鹉洲"的地名仍然存在；有一棵500多年的银杏树，被命名为"汉阳树"，在武汉市第五医院门前，被围起来了，占据一个像客厅那么大的地方。无论"晴川""汉阳""鹦鹉洲"还是"汉阳树"，它们周围的景物绝大多数已经是现代化的高楼大厦。

在武汉2015年召开的人大会议上，市委书记专门讲到黄鹤楼，希望注意在黄鹤楼周围区域低密度开发，这样当游客登上黄鹤楼时，才能找到当年诗人们临楼远眺的感觉，还能在楼上品茗，体味人文气息。

是的，到天下江山第一楼黄鹤楼，不仅仅是游一座楼，还要"一见"江山，再品自然与人生。

什么是过眼烟云，
什么是名垂青史。
什么值得珍惜，
什么不需要纠缠。

昔人已乘黄鹤去，此地空余黄鹤楼。
黄鹤一去不复返，白云千载空悠悠。
晴川历历汉阳树，芳草萋萋鹦鹉洲。
日暮乡关何处是？烟波江上使人愁。

27. 心随静夜钟声远行

——夜半钟声到客船

有一些地方被诗人记叙而留名。

这些诗歌中提到的地方,有的人并没有去过,或者有许多已经时过境迁。

但是千百年来人们记住这些诗、喜欢这些地方,是诗歌带给人美的意境和感觉,如《枫桥夜泊》。

这首诗中的许多地名随着它的流传,已经成为著名的景点,诗中提到的"景物"都存在,然而那些早已不是当年的"寺庙"与"客船"了。但是,就是不去看那些,只要读到这首诗,体会与诗相通一气的思念和安静,仍然是美。

枫桥夜泊

张继

月落乌啼霜满天,江枫渔火对愁眠。
姑苏城外寒山寺,夜半钟声到客船。

这首诗,描写由远而近,写远景:落月、啼乌、满天霜、江枫、渔火，写近景：不眠人、城、寺、船、钟声。

描写虽然简单，但这两层远近交织的意境容易引起人的共鸣。作者带给我们这样的想象：深夜无月，眼前黑乌乌一片，夜半寂静之时，又闻乌啼钟鸣，在这样安静无月的"庙"里，孤身在外的游子情不自禁生出愁绪，淡淡的客愁在夜空中摇曳飘忽，在点点渔火、丝丝霜寒、偶尔响起的钟声中向无边的黑夜弥漫……

月落乌啼霜满天，江枫渔火对愁眠。
姑苏城外寒山寺，夜半钟声到客船。

在那个夜晚，在那个桥下，在那个河边，在那个古城的老寺下，我辗转反侧而不眠。国家正处"安史之乱"个人身处乱世尚无归宿。羁旅之思，家国之忧使人"对愁"难眠。

但面对空灵旷远而又深不可测的大自然，心随静夜钟声而远行……

在千年的钟声前，个人变得渺小，现实变得短暂。愁，要愁得起；放，要放得下。

注释

（1）"枫桥夜泊"中"枫桥"，在今天苏州市阊门外。

（2）"月落乌啼霜满天，江枫渔火对愁眠"中："江枫"，水边的枫树；"渔火"，渔船上的灯火。"愁眠"，因愁而未能入睡之人。后人因此诗中"江枫渔火对愁眠"句，将当地一山命名为"愁眠"。

（3）姑苏城外寒山寺"中"姑苏"，苏州的别称，因城西南有姑苏山而得名。"寒山寺",在枫桥附近,建于南朝萧梁代天监年间(公元502—519年),距今已有1400多年。相传因唐朝僧人寒山曾经住此而得名。历史上寒山寺曾是我国十大名寺,1000多年内寒山寺先后5次遭到火毁(一说是7次),最后一次重建是清代光绪年间。

(4)"夜半钟声到客船"中"夜半钟声",指当时寺僧夜半敲钟的习惯。

28. 山亭夏日　岁月安静如画

山亭夏日

高骈

绿树阴浓夏日长，
楼台倒影入池塘。
水晶帘动微风起，
满架蔷薇一院香。

《山亭夏日》很普通，但读后过目难忘。

因为那样的夏天我们都感受过。夏天的绿叶，茂盛的树荫，树荫下的清凉。

楼台的影子倒映在清澈的池水里。微风吹过，水波荡漾起来时，满架的蔷薇花，送来沁人心脾的香味。

岁月安静。

如画。

"绿树阴浓夏日长"中"浓"字，指树丛的阴影很浓稠。"阴浓"，不仅有树荫稠密之意，也有"深"的意思，就是说树荫不仅密，而且很深。"绿树阴浓夏日长"，炎热的夏天，白天格外长，大地被太阳烤得热烘烘的，但是这个山中的院子却一片清凉，因为有枝叶茂盛的大树环绕；在被绿树浓荫遮盖的亭子下歇息，凉爽舒适，暑热消去，心情也随之怡然舒爽。

心情好，看到的景色也优美。

看那方池塘，明净、清新，而且宽厚包容，她容山容水容亭台楼阁，"楼台倒影入池塘"。站在凉亭里，作者看到楼台的影子倒映在清澈的池水里，一动不动，沉浸在夏日的凉爽里。"水晶帘动微风起"，微风在不知不觉中吹来，平静的水面突然水波荡漾，像绸缎在风中舞动，亭台楼阁的影子也随水波若隐若现，仿佛隔了一层晶莹剔透的水晶挂帘，夏日微风悄悄吹皱水面的景色，多么美妙啊。

正当作者陶醉于这夏日美景的时候，忽然飘来一阵花香，在这盛夏骄阳下的山亭中，那香气幽静、清新、沁人心脾。那醉人的芳香是夏日里的一片蔷薇花。

那"满架蔷薇"鲜艳的色彩，更充满了夏日特有的灵动与生机，让人精神为之一振。

作品中，诗人写夏日风光，仿佛是手持画笔在描画。在诗人的笔端，逐一脱颖而出的是"绿树阴浓""楼台倒影""水晶帘动""满架蔷薇"的画面，组合起来就成了一幅色彩艳丽、明净清新的山水画。我们在欣赏这首诗，也跟随那位悠闲自在的"诗人"一起享受着大自然的悠闲自在，自在之外，还有一点清幽。

绿树阴浓夏日长，楼台倒影入池塘。
水晶帘动微风起，满架蔷薇一院香。

29. 烟花三月与二十四桥明月夜

——读李白《黄鹤楼送孟浩然之广陵》

大街小巷都流传一首很抒情的歌：

> 牵住你的手、相别在黄鹤楼，
> 波涛万里长江水、送你下扬州。
> 真情伴你走、春色为你留，
> 二十四桥明月夜、牵挂在扬州。

这首歌的名字叫《烟花三月》，很动听。这首音乐伴舞跳起来的广场舞被投诉噪声扰民的可能性不大，因为太优美，曲调、词都太优美。

听说，这是扬州的市歌；它的内容客观上有一部分是取材于李白的《黄鹤楼送孟浩然之广陵》一诗："故人西辞黄鹤楼，烟花三月下扬州。孤帆远影碧空尽，唯见长江天际流。"

还有一部分创意内容与杜牧的《寄扬州韩绰判官》不无联系：青山隐隐水迢迢，秋尽江南草未凋；二十四桥明月夜，玉人何处教吹箫。

一、景观唐诗

　　这两首诗间接写出了那个时代的扬州,是一座非常令人向往的城市,唐代的扬州就像今天的巴黎、上海一样时尚。据记载,远离都城的扬州,古代不需宵禁,因为城中无皇室居住,没有皇家安全问题,经商的人居多,是一座开放、繁华的无夜城,也是文人向往的自由城。

　　给朋友写信、问候朋友近况,用玩笑的口吻,在调侃中写出朋友的风流倜傥,在调笑中重温两人的友情,而且还因此成就千百年传诵的名句,那就是杜牧的这首诗,"二十四桥明月夜,玉人何处教吹箫"。

　　诗歌不像小说或者散文那样详细,没有一些对背景知识的了解,杜牧的《寄扬州韩绰判官》:"青山隐隐水迢迢,秋尽江南草未凋。二十四桥明月夜,玉人何处教吹箫。"这 28 个字的短诗,看起来并不如杜牧的《清明》:"清明时节雨纷纷,路上行人欲断魂。借问酒家何处有,牧童遥指杏花村。"那样容易引起共鸣。

　　但是,如果了解"二十四桥"是因为古代二十四位美人吹箫于此的传说而得名的内涵;如果了解杜牧也是与韩绰(他写信赠诗的同事)一样的风流才子,他们有曾经一起寄意于歌舞诗酒"十年一觉扬州梦,赢得青楼薄幸名"的经历;如果得知这首诗是杜牧回长安供职后回忆思念倍增时所作;如果了解唐代的扬州,是长江中下游最繁荣的都会,店肆林立、商贾如云,酒楼舞榭、比比皆是;等等,这首诗读起来别有一番情趣。

　　首先,"二十四桥"位于扬州,扬州给人的第一联想总是烟花三月"折不断的柳",梦里江南"喝不完的酒",东南形胜、美人如花、繁花似锦;扬州之美,特别在于夜晚:"天下三分明月夜,二分无赖是扬州"(徐凝《忆扬州》),"夜市千灯照碧云,

89

高楼红袖客纷纷"（王健《夜看扬州市》）。

所以，深秋，北方的长安已经草木凋谢，傍晚诗人站在黄河边，突然想到刚刚待过10多年的扬州，那里与这里是那么不同的景象。遥想扬州青山逶迤隐于天际，江水如带，迢迢不断，依然山清水秀、绰约多姿，诗人发出"青山隐隐水迢迢，秋尽江南草未凋"的感叹。

想到江南的旖旎秀美，想到与扬州山遥水长的空间距离，诗人面对隐隐青山，柔情似迢迢江水而激发，思念一起在扬州的同事、朋友。扬州城还有没有我们这样的好朋友，知音又是知交？

诗的作者杜牧很想知道，他的老友韩绰，在这样的秋夜，明月映照的扬州，二十四桥上如诗如画、如梦如幻，当此之时，一定不在书房，不知又在何处教美人吹箫？

扬州佳景无数，也许诗人记忆中最留念的就是扬州二十四桥上的明月，明月下有过的诗酒乐舞之夜，"二十四桥明月夜，玉人何处教吹箫"既是玩笑般地问朋友，也是与朋友回忆过去一起的潇洒。

今天，《烟花三月》的歌受到人们的热爱，说明8世纪李白对朋友的那份热情、9世纪"二十四桥明月夜"杜牧的潇洒与"清明时节雨纷纷"的那份惆怅，一直持续至21世纪的今日。

谁不相信，那热情、那潇洒、惆怅还会继续？

30. 欲穷千里目，更上一层楼

——网络时代更如此

"白日依山尽，黄河入海流"，这两句诗给人开阔旷远的感觉。

太阳向哪边落？太阳向西方落；河水向哪边流？河水向东方流，就是"白日依山尽，黄河入海流"。"白日依山尽，黄河入海流"直接把读者带到天边、海边，带到开阔博大的大自然。

白日依山尽，是一个短暂的过程；黄河入海流，是一种永恒的运动；连绵群山、一望无际的天空是沉静的，落日和海水却是变动的。这两句诗用这种对比描绘的美景使人联想到的是一种自然的动态之美，大自然无限生机活泼就在那些动静之间。

在这样海阔天空的意境中，读者的心情和眼界也随之开朗。

正当你的思绪随之放开、正在回味的时候，作者说，"欲穷千里目，更上一层楼"。

看见"白日依山尽，黄河入海流"的地方当然是高处，但还不是最高处，不是最高远的地方。

欲穷千里目，更上一层楼。大自然给予人的想象和认识永远也没有尽头。

91

今天（2016年6月6日星期一），网络上都被5月30日全国科技创新大会上任正非汇报中的"迷航"刷屏。华为集团现在富可敌国，正是欣欣向荣的时候，但是，对于现状，任正非直言不讳其迷茫，"华为现在的水平尚停留在工程数学、物理算法等工程科学的创新层面，尚未真正进入基础理论研究。随着逐步逼近香农定理、摩尔定律的极限，而对大流量、低时延的理论还未创造出来，华为已感到前途茫茫，找不到方向。华为已前进在迷航中"。

在网络的世界，任正非在"大流量、低时延的理论"迷茫中，我们也在人工智能的迷茫边。

大自然给予人的想象和认识永远也没有尽头，而现在的网络时代，大千世界给予人的想象和认识似乎也永远没有尽头。

看来，"你的世界就是你所见"这句话也不完全对啊。"你的世界就是你所见"还要加上"心有多远，就能够走多远"。

欲穷千里目，更上一层楼。欲穷千里目，更上一层楼。

二、盛唐诗歌因为什么而蓬勃

31. 盛唐诗歌因为什么而蓬勃

看名家解读盛唐诗歌，印象最深的是对盛唐诗歌与盛唐气象的分析。盛唐气象所指的是诗歌中蓬勃的气象，盛唐气象的特点就是蓬勃，是蓬勃的思想感情而形成的时代性格。如李白的《将进酒》是盛唐诗歌的代表作：君不见黄河之水天上来，奔流到海不复回……五花马，千金裘，呼儿将出换美酒，与尔同销万古愁！

诗中虽然写到"高堂明镜悲白发，朝如青丝暮成雪""与尔同销万古愁"的悲叹，但与诗中"君不见黄河之水天上来，奔流到海不复回"奔涌跌宕的思绪相比，与诗人"长风破浪会有时，直挂云帆济沧海""天生我材必有用，千金散尽还复来"的痛饮高歌相比，与诗人"人生得意须尽欢"的豪迈相比，诗歌给人的感受不是悲之多、愁之长，而是那种充沛饱满、波涛汹涌的激情。

所以有名家评说，唐代诗坛有一股空前的大丈夫之风，连忧伤都是浩荡的，连曲折都是透彻的，连私情都是干爽的，连隐语都是靓丽的。这种气象，在唐之后再也没有完整出现，因此又是绝后的。

而且，盛唐的意境并不是仅仅局限在"长江""黄河"等宏大叙事的范围。像王昌龄的《芙蓉楼送辛渐》，我们在细微之处也能够体会到那种"蓬勃"的正能量、盛唐的意境：

> 寒雨连江夜入吴，平明送客楚山孤。
> 洛阳亲友如相问，一片冰心在玉壶。

这里面有一幅水天相连的画面、浩渺迷茫的夜景交融之中展现的天宽地阔之境界；还有"一片冰心在玉壶"中以冰壶自励，推崇光明磊落、坚持操守的品格与追求，给人生机蓬勃的感染力。

盛唐诗歌为什么经典，因为艺术之美。

还因为蓬勃之美。

盛唐诗歌因为什么而蓬勃？

因为：

在生活的每个角落都是充沛的，每一朵花都可以怒放。大到"白发三千丈"时不觉得夸大，小到"一片冰心在玉壶"不觉得细小，"玲珑透彻而仍然浑厚，千愁万绪而仍然开朗"。

32. 万物霜天竞自由

——欲穷千里目，更上一层楼

你登得越高，看到的越明白：大自然的胜景源于丰富多样性，万物霜天竞自由。从这样的角度看《登鹳雀楼》，"白日依山尽，黄河入海流。欲穷千里目，更上一层楼"，这首诗带给人的意义不仅仅止于"若想把千里的风光景物看够，那就要登上更高的一层城楼"。

当你或许有些成绩、或许有些成功、或许有些疲惫、或许有些孤独的时候，你登上了"鹳雀楼"。

看大河对面，千年群山绵延起伏，横亘天边，在那遥远的地方，它们静止不动，正在等待徐徐落下的太阳。群山巍峨、泰然自若，就像每天清晨凝视太阳高升一样宁静——"白日依山尽"；

听黄河，波涛汹涌，不被夕阳、群山宁静所动，它自有其乐，奔流到海不复回——"黄河入海流"。

在这样的高山上，远离城市的喧嚣，远离工业文明、远离高科技，只有自然万物围绕你的时候，除了高山、大河，你看到的还有大树、小草——千年、百年生长在那块土地中，除了雨水和土地、鸟、昆虫，什么也没有；你看到鸟、昆虫——千年、百年生长在那块土地上，鸣叫，欢快飞跃，除了一点食物、家事，别无所求。

如果说，大自然万物尚能生生不息，自由自在、活出各自的精彩，作为"万物之灵"的人，又如何甘心在自己的生命历程中得过且过呢？

欲穷千里目，更上一层楼。

人，是需要奋发图强的。

收获有时是有形的，满足人的物质需要；收获有时是无形的，满足人的精神需要，这也是使人生美好、幸福的两个层次的生命体验。有些生活经历，却可以使我们同时满足身体与精神的体验，比如登高、览胜。

让《登鹳雀楼》带领我们再次登高览胜吧。

登鹳雀楼

王之涣

白日依山尽，

黄河入海流。

欲穷千里目，

更上一层楼。

词语注释转自《古诗文网》

（1）鹳雀楼：旧址在山西永济县，楼高三层，前对中条山，下临黄河。传说常有鹳雀在此停留，故有此名。

（2）白日：太阳。

（3）依：依傍。

(4) 尽：消失。"白日依山尽"的意思是太阳依傍山峦沉落。

(5) 穷：尽，使达到极点。

(6) 千里目：眼界宽阔。

(7) 更：再。

景观诗话 >>>

33. "两栋高楼相对出，片片白云墙边来" 记住了"两岸青山相对出， 孤帆一片日边来"

我们这一代人成长于"文化大革命"时期，小时候学的、记得的东西有限。成年后学一首很有名的唐诗，总是爱忘记，但也总是读。

望天门山

李白

天门中断楚江开，碧水东流至此回。
两岸青山相对出，孤帆一片日边来。

这是李白写长江的一首诗，描写出长江在天门山这个地方独特的景象。长江在别的地方两岸也会有山，但是水流宽阔一些的时候，两岸的山被水流拉开，人会被水吸引而不注意看山；长江在城市流经的地方不像天门山，两座山像两扇门一样近，那么近的两扇巨大的门，拉开，水"哗"地涌进来，"两岸青山相对出"，"天门中断楚江开"（天门山古代曾属于楚国，诗里的长江故称为楚江)。

而且,水从相近的像门一样的两片山中涌进来,还带进来亮亮的太阳,还有太阳光中那个一叶孤帆的小船。

大山,大水,一叶孤帆的小船,身披霞光,激流勇进!大气、豪放、美!

大自然,永远是美景的设计师,那美景如果是被一位诗人遇到,就在一首首诗里了。

乘坐在这只小船上的作者,回望这样独特的美景,就给我们留下了这样一首诗《望天门山》。像"朝辞白帝彩云间,千里江陵一日还。两岸猿声啼不住,轻舟已过万重山"一样的豪放,像"孤帆远影碧空尽,唯见长江天际流"一样的大气,从公元 8 世纪被人们喜欢到 21 世纪。

有一日,看到都市一景,对这首诗忽然印象很深了。

那是两栋 30 层以上、像山一样高的楼房,相对而立,两栋楼房中间的墙缝只有两个门那么宽,透出一道亮光,蓝蓝的天在两栋楼缝中显得特别亮——

两栋高楼相对出,片片白云墙边来。

这不就是"两岸青山相对出,孤帆一片日边来"的现代"陆地"版本吗?过去是天门中断,长江开;现在是高科技,改天换地。

唉,改天换地。近现代很多的自然灾害,不知道是不是大自然在表达意见?对人类太多、过度的改天换地有意见?

由这"两栋高楼相对出,片片白云墙边来"的景象记住了过去的诗"两岸青山相对出,孤帆一片日边来"。但是,不只是记住了一个意思哦……

34. 一片冰心在玉壶

——愿你的人生心有所持，温润如玉

"一片冰心在玉壶"出自唐代诗人王昌龄的诗《芙蓉楼送辛渐》：

寒雨连江夜入吴，平明送客楚山孤。
洛阳亲友如相问，一片冰心在玉壶。

芙蓉楼在镇江。镇江，处于长江下游，那里江面开阔，风光秀丽，有"天下第一江山"的美称，对面是扬州；古代这里曾经属于战国时期的楚国，三国时期的吴国，所以在诗句中是"寒雨连江夜入吴，平明送客楚山孤"，其中，吴指长江南岸的镇江，楚山指江对面长江北岸的山。

《芙蓉楼送辛渐》前面两句，"寒雨连江夜入吴，平明送客楚山孤"，写景。

夜，笼罩着大江；寒雨，也来了。夜和大雨，在茫茫江面上相拥而至，流连，不眠。就像我与朋友辛渐一样，相拥而至这渡口，流连，不眠。

寒雨连江夜入吴——大片淡墨染成满纸烟雨。

天刚亮，夜离去，朋友的船远去，只剩下茫茫大江对面的楚山，江这边的我。——满纸烟雨中，水天之际有山，江中有一条隐隐约约的小船，"平明送客楚山孤"。

寒雨连江夜入吴，平明送客楚山孤。

一幅水天相连、浩渺迷茫的别离图。江水漫漫，夜雨朦胧，别情惆怅。

哦，
不只是惆怅。
还有盛唐时代的精英，写出的别样的临别叮咛：
洛阳亲友如相问，一片冰心在玉壶。

唐开元盛世宰相姚崇曾经作《冰壶戒》。他在《冰壶戒序》中写道："夫洞彻无瑕，澄空见底，当官明白者，有类是乎。故内怀冰清，外函玉润，此君子冰壶之德也。"自从宰相姚崇作《冰壶戒》以来，盛唐诗人如王维、李白、崔颢等（他们都是高级知识分子、公务员、社会精英）都曾以冰壶自励，推崇光明磊落、表里澄澈的品格。所以，王昌龄送别朋友脱口而出的话是：洛阳亲友如相问，一片冰心在玉壶。

这一名句包蕴了"冰心""玉壶""心若怀冰""玉壶之德"等语义，深情而含蓄地表达了自己的品格和德行。

在离别惆怅之时，不是只有个人遭遇贬职而远离权力中心的惆怅，不是只有朋友离去孤独寂寞的惆怅，还有如大江一样壮阔、如大山一样高远的境界。

洛阳亲友如相问，一片冰心在玉壶。

用像清澈无瑕、澄空见底的玉壶那样晶亮纯洁的冰心告慰友人、家人，激励自己，这比单纯相思的言辞更带有一份厚重的挚爱深情。

在离别惆怅之时，还有如大江一样壮阔、如大山一样高远的境界，不是只有个人遭遇贬职而远离权力中心的惆怅，不是只有朋友离去孤独寂寞的惆怅——这是盛唐诗歌所以是盛唐诗歌的原因，大到"君不见黄河之水天上来，奔流到海不复回。……五花马，千金裘，呼儿将出换美酒，与尔同销万古愁"，小到"一片冰心在玉壶"，千愁万绪仍然开朗，玲珑透彻仍然浑厚。

盛唐诗总是让人想到真诚、淳朴，引导人们心向远方。

每个人都活在纷繁的世俗社会，每个人都会面临欲望、善恶等诸多选择思考，每个人都会有面临压力、困苦的时候。

如何是好？

生活不光有眼前的苟且，还有诗和远方的田野。

如果"一片冰心"、光明磊落、表里澄澈的品格是诗和远方，但愿我们心怀远方，从"心有所持，温润如玉"做起。

35. 学习草的勇气

——野火烧不尽，春风吹又生

读到唐诗"离离原上草　一岁一枯荣。野火烧不尽，春风吹又生"的时候，想起了尼克松的一段话。

据说美国前总统尼克松评价中国人，最缺乏的不是智慧，而是勇气、正直、纯真的品性。还说大多数中国人是只通晓考试从不关心真理和道德的食客，他们的思想还停留在动物本能专注于食物和性那点贪婪可怜的本性上。

我们不对号入座，我们不急于反驳。

勇气、正直、纯真，说说容易，偶尔做做也可以，坚持做是需要有一些精神追求、付出物质利益上的牺牲的。

人活在世上，先要像草一样，学习生存的本领。贴在大地上，不张扬，做好自己——离离原上草　一岁一枯荣；

还要学习草的勇气。不怕踩、不怕烧——野火烧不尽，春风吹又生。

当然，如果同时学习正直、纯真的品性更好，做一个自己高兴、于别人、社会有益的"好草"。

我们美文诵读班的学员都是这样的"好草"。我们来自百瑞景社区、莲溪寺社区、舒家街等社区的全职妈妈、退休职工，年龄小的才 30 出头，年龄大的已经 65 岁，大家放弃可以是打麻将、赚钱的时间，每周都来诵读唐诗、礼拜经典，在物质生活有所满足的时候，追求精神上的富裕、心灵的慰藉。

我们也是快乐的"小草"。因为热爱所学，因为有一个大家集体的互动，还有社区给我们提供了这么好的学习环境。

谢谢"尼克松"他们提出尖锐意见的人，使我们在前行的时候多一些理性。

（本文写于 2015 年，在武汉市武昌区百瑞景社区大学志愿义务担任美文班讲课老师之时）

36. 四季花开

——新解"花开堪折直须折，莫待无花空折枝"

"花开堪折直须折，莫待无花空折枝"是今天人们熟悉的一句口头语，它来自唐诗《金缕衣》：劝君莫惜金缕衣，劝君惜取少年时。花开堪折直须折，莫待无花空折枝。

在永恒、漫长的时空里，个体的生命如同白驹过隙，人年少时常常不会有这样的感叹。由此，不难看出，反复咏叹、强调爱惜时光，不要躺在荣华富贵里不思进取、不要在青春年华里无所作为，这是《金缕衣》时下是流行歌曲、在唐朝也是流行歌曲的原因。

但是，昨天给一个朋友看这首诗的时候，他回了4个字：四季花开。看到"四季花开"这4个字，不禁让人对这首诗又有了新的感悟。

在高科技的时代，四季花开早已不是异想天开的事情，而是司空见惯的事了。联想到在唐代1000多年后、这近百年发生的一些古代不可能出现的事情（最不可能的事情是，古代人寿命相对短，现代人生活水平提高，寿命相对延长），对这首诗歌也产生了新的理解：不是只有青春年华是值得努力的，人生的任何时候都值得努力。不是只有青春时的奋斗有希望、有结果，在当今时代，随着生命时间延长，人生任何时候的奋斗都是有可能、有结果、有希望的。就像我们看到的，70岁人写的小说可以获得诺贝尔奖，80岁人成立的餐饮店可以成为世界名牌连锁店，100岁老人每天还可以做出精美的绣花鞋……

就像那两句著名的广告语：

一切皆有可能。

心有多大，你的世界就有多大。

不大也可以，只要是做你喜欢（对他人无妨碍）的事情。

怕的不是年龄。

就怕，没有什么是可以坚持喜欢、一直喜欢的。

寻找到自己喜欢的"花"，坚守，人生的任何时候都会有"四季花开"的"好时光"。

金缕曲

杜秋娘

劝君莫惜金缕衣，劝君惜取少年时。

花开堪折直须折，莫待无花空折枝。

注解

（1）金缕衣：缀有金线的衣服，比喻荣华富贵。

（2）惜取：珍惜。

（3）堪：可以，能够。

（4）直须：尽管。直：直接，爽快。

（5）莫待：不要等到。

作品韵译

我劝你不要顾惜华贵的金缕衣,我劝你一定要珍惜青春少年时。花开宜折的时候就要抓紧去折,不要等到花谢时只折了个空枝。

作品解读

此题作者为杜秋娘。这首诗含义比较单纯,反复咏叹强调爱惜时光,莫要错过青春年华。从字面看,是对青春和爱情的大胆歌唱,是热情奔放的坦诚流露。然而字面背后,仍然是"爱惜时光"的主旨。因此,若作"行乐及时"的宗旨看似乎低了,作"珍惜时光"看,便摇曳多姿,耐人寻味。

此诗含意很单纯,可以用"莫负好时光"一言以蔽之。这原是一种人所共有的思想感情。可是,它使读者感到其情感虽单纯却强烈,能长久在人心中缭绕,有一种不可思议的魅力。它每个诗句似乎都在重复那单一的意思"莫负好时光!"而每句又都寓有微妙变化,重复而不单调,回环而有缓急,形成优美的旋律。

一、二句式相同,都以"劝君"开始,"惜"字也两次出现,这是二句重复的因素。但第一句说的是"劝君莫惜",第二句说的是"劝君惜取",意正相反,又形成重复中的变化。这两句诗意又是贯通的。"金缕衣"是华丽贵重之物,却"劝君莫惜",可见还有远比它更为珍贵的东西,这就是"劝君惜取"的"少年时"了。至于其原因,诗句未直说,那本是不言而喻的:"一寸光阴一寸金,寸金难买寸光阴",贵如黄金也有再得的时候,"千金散尽还复来";然而青春对任何人都只有一次,一旦逝去是永不复返的。可是,世人多惑于此,爱金如命、虚掷光阴的真不少呢。一再"劝君",用对白语气,致意殷勤,有很浓的歌味和娓娓动人的风韵。两句一否定,一肯定，否定前者乃是为肯定后者，似分实合，构成诗中第一次反复和咏叹，其旋律节奏是迂回徐缓的。

三、四句则构成第二次反复和咏叹，单就诗意看，与一、二句差不多，还是"莫负好时光"那个意思。这样，除了句与句之间的反复，又有上联与下联之间的较大的回旋反复。但两联表现手法就不一样，上联直抒胸臆，是赋法；下联却用了譬喻方式，是比义。于是重复中仍有变化。三、四句没有一、二句那样整饬的句式，但意义上彼此是对称的。上句说"有花"应怎样，下句说"无花"会怎样；上句说"须"怎样，下句说"莫"怎样，也有肯定否定的对立。二句意义又紧紧关联："有花堪折直须折"是从正面说"行乐须及春"意，"莫待无花空折枝"是从反面说"行乐须及春"意，似分实合，反复倾诉同一情愫，是"劝君"的继续，但语调节奏由徐缓变得峻急、热烈。"堪折——直须折"这句中节奏短促，力度极强，"直须"比前面的"惜取"更加强调。这是对青春与欢爱的放胆歌唱。这里的热情奔放，不但真率、大胆，而且形象、优美。"花"字两见，"折"字竟三见；"须——莫"云云与上联"莫——须"云云，又自然构成回文式的复叠美。这一系列天然工妙的字与字的反复、句与句的反复、联与联的反复，使诗句朗朗上口，语语可歌。除了形式美，其情绪由徐缓的回环到热烈的动荡，又构成此诗内在的韵律，诵读起来就更使人感到回肠荡气了。

37. 诗意、人情共品味

——孤帆远影碧空尽，唯见长江天际流

现代人常常爱把"美酒加咖啡"放在一起，品味出爱情等一些甜美的东西和向往；"故人西辞黄鹤楼，烟花三月下扬州。孤帆远影碧空尽，唯见长江天际流。"这首诗把诗意和人情一起带给我们，品出的是中国人性格里的真诚和热情。

因为是在一代名胜黄鹤楼送别朋友孟浩然，因为是两位风流潇洒的诗人的离别，因为又是年轻的李白送别尊敬的学长朋友，还因为朋友要去的地方是令人羡慕的"烟花三月"的时尚扬州，所以，这首送别诗，不同于一般送别诗中有些悲凉的惜别之情，而是给人一种意境开阔、情丝不绝、色彩明快、风流倜傥的诗情画意。

"故人西辞黄鹤楼，烟花三月下扬州"是那种古朴、雅致的送别，"孤帆远影碧空尽，唯见长江天际流"是那种悠远的思念之情，人情中饱含诗意，诗意中饱含人情。

不难想象，作者的古道热肠和文采飞扬，专门在黄鹤楼送别朋友，并即兴赋诗；在对帆船、长江的远眺中意犹未尽的惦念之情，把作者对朋友的关心准确地表现出来。

景观诗话 >>>

"孤帆远影,以目送也,长江天际,以心送也。"(王兆鹏、张静等著:唐诗排行榜,中华书局,2011:123)在黄鹤楼当时所处的高度、视野所能容纳的宽度,朋友孟浩然的帆船要经过很久才能在李白的视线中消失,但是,船消失了,李白还站在黄鹤楼上看着奔流的江水与远方的天际汇合处,想着朋友孟浩然、想着离别他的这件事。这长时间的等候、关注不是责任和法律驱使,只是意念和情意而为之,先目送,再心送的诗句"孤帆远影碧空尽,唯见长江天际流"中意犹未尽的那种惦念之情是中国人性格中的真诚和热情的自然流露。

——像许多名胜一样,黄鹤楼不是因为文人墨客的高谈阔论而千古传扬,而是因为那里留下的人性中的真诚和热情。

附全诗及注释:

黄鹤楼送孟浩然之广陵

李白

故人西辞黄鹤楼,烟花三月下扬州。
孤帆远影碧空尽,唯见长江天际流。

(1)黄鹤楼:中国著名的名胜古迹,故址在今湖北武汉市武昌蛇山的黄鹄矶上。传说三国时期的费祎在此登仙乘黄鹤而去,故称黄鹤楼。原楼已毁,最新一次修葺竣工于1985年。

(2)孟浩然:李白的好朋友。

(3)之:到达。

(4)广陵:即扬州。

<<< 二、盛唐诗歌因为什么而蓬勃

(5) 故人：老朋友，这里指诗人孟浩然。其年龄比李白大，在当时享有盛名。李白对他很敬佩，彼此感情深厚，因此称之为"故人"。

(6) 烟花：形容柳絮如烟，鲜花似锦的春天景物。

(7) 下：顺流向下而行。

(8) 碧空尽：在碧蓝的天际消失。尽：没了，消失了。

(9) 唯见：只看见。

(10) 天际流：流向天边。天际：天边。

38. 古道热肠重离别

——再读李白《黄鹤楼送孟浩然之广陵》及其他

平常人爱说"人逢喜事精神爽",文人常常是"人逢离别诗意浓"。

古代文人常常把"诗意加别情"放在一起,写出千古佳作。如我们熟悉的语录句"海内存知己,天涯若比邻",来自王勃的离别诗:

《送杜少府之任蜀川》
城阙辅三秦,风烟望五津。
与君离别意,同是宦游人。
海内存知己,天涯若比邻。
无为在歧路,儿女共沾巾。

再如现在我们熟悉的古曲《阳关三叠》(渭城曲),来自王维的离别诗:

送元二使安西
渭城朝雨浥轻尘,客舍青青柳色新。
劝君更尽一杯酒,西出阳关无故人。

《黄鹤楼送孟浩然之广陵》

李白

故人西辞黄鹤楼,烟花三月下扬州。

孤帆远影碧空尽,唯见长江天际流。

短短28个字,也是这一类离别诗的代表作。现在虽然不是很多人会读会背会欣赏,但是,平常百姓对这样的诗也会一见如故地喜欢,因为它通俗易懂,因为它表达的是国人性情中的一种正能量的"共性"——古道热肠。

古代人重别离跟交通、通信不便有关系,但是,在交通、通讯发达的今天,过日子,谁没有人情往来?人与人交往,谁不重视诚心诚意?

"孤帆远影,以目送也,长江天际,以心送也。"送朋友,朋友的人影都远去不见了,送的人还久久地站在原地念叨。

这样与人交往的境界,不仍然是我们今天向往和追求的吗?

39. 人事有代谢，往来成古今

今天（2016年6月19日）是西方的父亲节，像母亲节一样，中国人也在微信里（还有商家参与）过"节"，有许多关于父亲的文章和歌，《时间都去哪儿了》就是其中的一首，讲述在柴米油盐中、带小孩的琐细中、对儿女的付出中，一下子时间就过去了。

这是去年在央视春晚很受欢迎并流传开来的一首歌。人们喜欢这首歌，是因为它讲的就是每一个人平常的生活，每个人都可以有共鸣。

"时间都去哪儿了"，给人的是"时间都到柴米油盐那儿去了"，除了怀旧，还是怀旧。

感时伤怀，这是唐诗宋词的拿手本领，流传至今的名人名作中有很多好的表达，而且视野开阔，思接千年，读读，让人跳出日常生活的琐碎，心态淡定。如孟浩然《与诸子登岘山》：

二、盛唐诗歌因为什么而蓬勃

> 人事有代谢,往来成古今。
> 江山留胜迹,我辈复登临。
> 水落鱼梁浅,天寒梦泽深。
> 羊公碑尚在,读罢泪沾巾。

岘山,地名,在今湖北襄阳城以南。登临岘山,首先看到的就是羊祜庙和堕泪碑。据《晋书·羊祜传》载,一次,羊祜登岘山,对同游者说:"自有宇宙,便有此山。由来贤者胜士,登此远望,如我与卿者多矣,皆湮灭无闻,使人伤悲!"羊祜镇襄阳颇有政绩,深得民心,死后,襄阳人民怀念他,在岘山立庙树碑,当时人们因为深深感念,望其碑者莫不流泪,故羊公碑又名为"堕泪碑"。

所以,因为羊祜、羊公碑,岘山成为襄阳的名胜;后人,特别是文人都爱去。

自然,襄阳人孟浩然也与朋友们一起去了岘山。这次去,是在孟浩然多次"考公务员",因为运气不佳而名落孙山、但是文才又被圈内人首肯的年龄段去的。

登岘山,除了看羊公碑,当然还有景——远看是一望无际的江汉平原,古代"云梦"并称,在湖北省的大江南、北,江南为"梦泽",江北为"云泽",后来大部淤积成陆地,今天的洪湖、梁子湖等数十湖泊,皆为云梦遗迹。在岘山看不到梦泽,但是可以想象长江下游那一片云梦泽与眼前沔水中干枯的沙洲是不同的,那里天寒水清,水深浩荡;山下的沔水,因为冬天水位降低了,鱼塘沙洲水很浅——水落鱼梁浅,天寒梦泽深。

高山大水,时间过去许多年它们也没有变化,但是小水泽,沙洲，却会看出时间的变化，四季的变化；人也如同那些小水塘，一年一年有变化，过几十年，就交替，轮换一代人了——人事有代谢，往来成古今。

　　登临岘山，想到了前人的留芳千古，也想到了自己的默默无闻（有才华，有抱负，却年年考"公务员"落榜），诗人不免黯然伤情。吊古伤今，感念自己一路的奔波辛苦却无结果，空有抱负，无施展之地，不觉分外悲伤，泪湿衣襟。

　　江山留胜迹，我辈复登临。……羊公碑尚在，读罢泪沾巾。

　　在大水不变与小水干枯的比较中，在前人流芳千古与自己默默无闻的比较中，全诗似乎是伤感的，但是，一句"人事有代谢，往来成古今"，不仅是诗人的浩瀚心事，也使人们想起了平常的道理。把平常的道理说得也很诗意，反而让伤感退后。

　　"人事有代谢，往来成古今"就是让人能有联想，这个联想不是"时间都到柴米油盐那儿去了"的联想，而是"江山留胜迹，我辈复登临。……羊公碑尚在，读罢泪沾巾"那种浩瀚旷远的联想带来的宽阔的眼界和胸襟。

40. 母亲花

——萱草生堂阶，游子行天涯

天下谁人不受母爱？天下无数写母爱的诗歌，最让中国人熟悉的莫过于孟郊的《游子吟》：

慈母手中线，游子身上衣。
临行密密缝，意恐迟迟归。
谁言寸草心，报得三春晖。

孟郊除了《游子吟》外，还有一首《游子诗》，以前没看过，现在学习后也很感动，并且知道了萱草（花）是我国传统的母亲花：

萱草生堂阶，游子行天涯。
慈母倚堂门，不见萱草花。

萱草，产于中国，别名之一忘忧草，是以亦称母亲花。古人对其多有诗赋：

今朝风日好,堂前萱草花。持杯为母寿,所喜无喧哗。(王冕)

春条拥深翠,夏花明夕阴。北堂罕悴物,独尔淡冲襟。(朱熹)

萱草虽微花,孤秀能自拔。亭亭乱叶中,一一芳心插。(苏东坡)

门掩残花寂寂,帘垂斜月悠悠。纵有一庭萱草,何曾与我忘忧。(李中)

《诗经·卫风·伯兮》里载:"焉得谖草,言树之背?"谖草就是萱草,古人又叫它忘忧草;背,北,指母亲住的北房。这句话的意思就是:我到哪里弄到一枝萱草,种在母亲堂前,让母亲乐而忘忧呢?母亲住的屋子又叫萱堂,以萱草代替母爱,如孟郊的《游子诗》;叶梦得的"白发萱堂上,孩儿更共怀。"萱草成了母亲的代称,也就自然成了我国的母亲之花。

《游子吟》中感人至深的是母亲为儿子做的衣服,《游子诗》中感人至深的是儿子临行前为母亲种的萱草花。

慈母手中线,游子身上衣。临行密密缝,意恐迟迟归——母亲和儿子之间的相互思念是一件布衣,母亲做,儿子穿;萱草生堂阶,游子行天涯。慈母倚堂门,不见萱草花——母亲和儿子之间的相互思念是一束花,儿子种,母亲看。

为什么是萱草而不是其他的花?这里又有深情的用意。学习中知道,萱草外观很像百合,又像黄花菜、金针菜,既可供观赏,又可做蔬菜。萱草又名忘忧草,代表"忘却不愉快的事"

"放下忧愁"之意。儿子出门远行前在自家院子种上一株萱草，希望让母亲在平凡琐碎的日子里忘掉忧愁，看见萱草就像看见自己的儿子——"萱草生堂阶，游子行天涯"。

游子长年在外奔波，其实也是时时在思念家乡、思念母亲。离家很久了啊，想象门外台阶旁种的萱草怕是早已长出了一串串黄花，然而远行的游子还在天涯；想象母亲怕是常常靠在台阶上的门前，看不见儿子回家，看着儿子种下的萱草花也是一种安慰，一种期盼。

游子衣。萱草花。

母亲给儿子做衣服御寒，儿子给母亲种花解忧。衣服与花，传递母子亲情。

与传统故事中"割股疗亲"——割舍自己腿上的肉来治疗父母的疾病那种行孝相比，这些儿子给母亲种的萱草花，千年后的今天，同样温馨——不是以牺牲儿子的生命为代价或者叫儿子活不下去为代价去"行孝"；

用亲手种的鲜花陪伴母亲解忧，想象那些母亲花，千年后的今天，同样时尚——不是只有西方才有送花的习惯。

41. 陌生又熟悉的"唐装"

——慈母手中线，游子身上衣

唐装，现在又流行起来了。别忽视了，唐诗里还有我们的两件经典样式的唐装：一件是"游子身上衣"，另一件是"金缕衣"。

"游子身上衣"是唐诗《游子吟》中提到的：

> 慈母手中线，游子身上衣。
> 临行密密缝，意恐迟迟归。
> 谁言寸草心，报得三春晖。

其中的"寸草"比喻微小；三春，春季的三个月。传统上称农历正月为孟春，二月为仲春，三月为季春。"寸草"与"三春晖"相对，用于儿女自比于父母养育之恩的微小回报。"谁言寸草心，报得三春晖"是说像小草的那点孝心，怎么能报答慈母像春天温暖、和煦的阳光般的恩惠？——这件"唐装"唤取的是天下儿女对父母感恩的联想和深挚的忆念。

一件手缝的游子衣，唐诗中的衣服；另一件唐诗中的衣服是

二、盛唐诗歌因为什么而蓬勃

"金缕衣"。金缕衣是缀有金线的衣服,比喻荣华富贵。"金缕衣"其名字陌生,其内容常常出现在文学作品以及人们的生活中。有人认为是及时行乐,有人认为看作"珍惜时光、活在当下"更耐人寻味:

> 劝君莫惜金缕衣,劝君惜取少年时。
> 花开堪折直须折,莫待无花空折枝。

这两件"唐装"之所以陌生,是因为1000多年沧海桑田的变化;也因为近几十年一心一意奔富强,古诗能放下的都放下了。

这两件"唐装"之所以熟悉,是因为这两件"衣服"都带有人类共有的文化基因——感恩父母,珍惜时光。基因里都有的东西,想忘记也不容易。

"慈母手中线,游子身上衣。临行密密缝,意恐迟迟归。谁言寸草心,报得三春晖",淳朴的语言中写出的母子深情、游子对母亲的思念,千百年来拨动了多少读者的心弦,引起了一代又一代多少人的共鸣?无论在计划经济时代还是在当今改革开放的时代,当人们看到现实中那些不对父母恭敬的行为时,常常会想到一句话,良心被狗吃了。特别是看到现在为了牟取个人物质利益而做出的一些劣行,时下流行的那句话有点极端却一语中的:说像狗一样是抬举那些人。

"金缕衣",过去在《红楼梦》《增广贤言》里看到过,现在是一首流行歌曲。诗流传下来了,作者是谁也不清楚。它的意思很简单直白,简单直白到想不到是经典唐诗——"花开堪折直须

123

折,莫待无花空折枝",它的每一句都在重复一个意思"莫负好时光"!

感恩父母、珍惜时光,各人有自己不同的方式。但是,不能够反其道而行之,不能够忽视这两件事情。——从这两首小小的唐诗中我们知道这是很早很早人们就知道的常识,很久很久以前人们就有的心愿和感情。

期望在唐装重新流行中国的时候,我们也常常把这两件"唐装"拿出来晾一晾,抖去上面的灰尘:

慈母手中线,游子身上衣。临行密密缝,意恐迟迟归。谁言寸草心,报得三春晖!

劝君莫惜金缕衣,劝君惜取少年时。有花堪折直须折,莫待无花空折枝。

42. 抹去岁月灰尘，读诗

——以"青梅竹马、两小无猜"诗句为例

一般人都知道"青梅竹马""两小无猜"。

有一些人，如读过《唐诗300首》的，记得"青梅竹马""两小无猜"出自一首诗——郎骑竹马来，绕床弄青梅。同居长干里，两小无嫌猜。

还有一些人，如考试的学生等，知道"青梅竹马""两小无猜"出自李白的诗《长干行》。

还有更少的人知道，《唐诗300首》里面的四句诗是《长干行》其一节选，全诗总共三十句，不是四句。《长干行》共两首，这里说的是第一首。开始一、二句也不是"郎骑竹马来，绕床弄青梅"，而是"妾发初覆额，折花门前剧"。原作前一部分是这样的：

  妾发初覆额，折花门前剧。
  郎骑竹马来，绕床弄青梅。
  同居长干里，两小无嫌猜。
  十四为君妇，羞颜未尝开。

低头向暗壁，千唤不一回。

十五始展眉，愿同尘与灰。

　　此段意思是：记得小时候我们都住在长干里，童年天真又顽皮（同居长干里，两小无嫌猜），那时我刘海初盖前额，常常折一枝花朵在门前嬉戏（妾发初覆额，折花门前剧），郎君总是高举着为我摘的青梅跨着竹竿马骑来，绕着我的椅子四周转圈圈，使我紧追去争夺（郎骑竹马来，绕床弄青梅）。14岁那年做了你结发妻子，成婚时羞得我不敢把脸抬起，自己低头面向昏暗的墙角落，任你千呼万唤也不把头回（十四为君妇，羞颜未尝开。低头向暗壁，千唤不一回）。15岁才高兴地笑开了双眉，誓与你白头偕老到化为尘灰（十五始展眉，愿同尘与灰）。

　　只读这几句就看得出来，以现代观念欣赏"青梅竹马""两小无猜"的童真，不可能赞同十四五岁的热恋和婚姻，此际正是获取知识的最佳年华。但是，这就是唐诗那个时代真实生活的艺术写照。现代人可以"青梅竹马""两小无猜"，但是现代社会中，个人不愿意、法律也不允许"十四为君妇"。

　　据说，《唐诗300首》最早版本起源于清代，是仿《诗经》三百篇之作，从前是家传户诵的儿童诗教启蒙书。该书的编者是孙洙，别号蘅堂退士，清乾隆十六年（公元1751年）进士。孙洙编选唐诗，是依据沈德潜（公元1673—1769）的《唐诗别裁》及王士祯（公元1634—1711）的《古诗选》《唐贤三昧集》《唐人万首绝句选》为主，杂以其他唐诗选本。《唐诗三百首》的题材广泛，反映唐代的政治矛盾、边塞军事、宫闱妇怨、酬酢应制、宦海升沉、隐逸生活等。从《唐诗三百首》中只选《长干行》其中4句看得出，作者是别有用心——希望诗歌中"青梅竹马""两小无猜"那些纯真的感情流传于世，"十四为君妇"那些不合时宜的，搁置在全诗中，留作史料。

这也是我们今天学习唐诗（古诗、传统文化）需要的态度。从合乎时代潮流的观点、推动当今世界和谐发展的角度，学习思考唐诗。例如，庭院情结，是中国人"天人合一"的文化情结的具体体现，在唐诗中也多有精彩出神的记叙，这反映了国人以热爱自然为时尚，与自然有一种自然而然的缘分；重建这种缘分，是当下我们所需要的，庭院却不是人人值得拥有的"时尚"，拥挤的城市应该提倡爱护公园、小区的院子、自家的阳台。

抹去唐诗经年累月的灰尘，再去吸取其中的养分。用当下的生活、现代的情景再现唐诗中的意境。

习主席2014年10月15日在北京主持召开文艺工作座谈会并发表重要讲话时说道：传承中华文化，绝不是简单复古，也不是盲目排外，而是古为今用、洋为中用、辩证取舍、推陈出新，摒弃消极因素，继承积极思想，"以古人之规矩，开自己之生面"，实现中华文化的创造性转化和创新性发展。

——希望按这样的要求学习探索传承中国优秀传统文化。这也是与时俱进所必需的态度和选择。

《长干行》（其一）

李白

妾发初覆额，折花门前剧。
郎骑竹马来，绕床弄青梅。
同居长干里，两小无嫌猜。

十四为君妇，羞颜未尝开。
低头向暗壁，千唤不一回。
十五始展眉，愿同尘与灰。
常存抱柱信，岂上望夫台。
十六君远行，瞿塘滟滪堆。
五月不可触，猿声天上哀。
门前迟行迹，一一生绿苔。
苔深不能扫，落叶秋风早。
八月蝴蝶黄，双飞西园草。
感此伤妾心，坐愁红颜老。
早晚下三巴，预将书报家。
相迎不道远，直至长风沙。

43. 想象和感觉美好

——红豆生南国，此物最相思

红豆

王维

红豆生南国，春来发几枝。
愿君多采撷，此物最相思。

因为王维的《红豆》诗，人们总是把相思与红豆联在一起：红豆生南国，春来发几枝？愿君多采撷，此物最相思！

关于红豆，有一个相传已久的故事，说的是有相思之苦的人，落泪树下，泪水流干，血凝而成：

古代有位男子出征，其妻天天在高山上的大树下等候，日复一日，春去秋来，一年又一年，因思念常常在大树下哭泣。最后妻子流出来的不是泪水，而是鲜红的血。血滴化为红豆，红豆生根发芽，长成大树，结满了一树红豆，人们称之为相思豆。

从此，人们都将红豆当作爱情的象征。

还有一说，这种红豆有剧毒，像砒霜，食用几粒就会导致心慌、头晕，心脏停止跳动。

爱情到苦情，就像红豆的美丽和剧毒一样具有两面性。

为什么爱情非要到苦情？为什么相思非要到致死？

喜欢《红豆》这首诗，是因为诗里面咏物而寄相思并不只局限在相思之苦，也没有只局限在红豆故事中的男女相思之情（《红豆》诗一题为《江上赠李龟年》）；还因为这首诗里的简单直接，珍重友谊，富于想象的相思情调。

"愿君多采撷，此物最相思"一语双关，表面似乎嘱人相思，字里行间流露的是对朋友的相思之重。

红豆生南国，春来发几枝。愿君多采撷，此物最相思！

相互爱慕的思念是人生许多种美好之一。茫茫人海中，无数人与你相遇淡然到漠视；也许，有热情的但不是你喜欢的；相互爱慕思念的人，是可遇而不可求的，不是得到金钱或地位的附属品。

所以，如此难得，人们总是在寻找；

如此难得，得到的人感觉是如此美好。

如此难得，所以，愿君多珍惜！

珍惜，不只是使人回忆、流泪；珍惜，就是心中有美好，使人产生创新的、向前看的美好。

想象和感觉美好，是人生的希望和动力。

相思、相爱，就是那样想象和感觉到的美好。

44. 别在城外　情走天涯

——读白居易的送别诗《赋得古原草送别》，兼读李叔同《送别》

赋得古原草送别

白居易

离离原上草，一岁一枯荣。
野火烧不尽，春风吹又生。
远芳侵古道，晴翠接荒城。
又送王孙去，萋萋满别情。

这是白居易的诗《赋得古原草送别》。现代被传唱的著名的《送别》歌曲，其意境与这首《赋得古原草送别》有神似，也有不同。

"长亭外，古道边，芳草碧连天"，这是大家熟悉的《送别》歌曲的开头三句。二者中的"古道"、"芳草"、"远芳"略同。看看白居易诗"远芳侵古道"，芳，指原野上野草浓郁的香气。远芳，草香远播。侵，侵占，长满。道，指驿道，相当于现在的国道，道上设亭子（现在的加油站）供送信的、出差的公务人员休息。十里设"长亭"（大加油站），五里设短亭。远芳侵古道，远处芬芳的野草一直长到古时候的驿道上。"长亭外，古道边，芳草碧连天"，说的也是"远芳侵古道"这样的意境。

晴翠接荒城，晴翠，草原明丽翠绿。荒城，远处，朋友要去的远方。晴翠接荒城，大地春回，城外古原上芳草芊芊，目送你在艳阳下走向远方、走向草地尽头；想象你，接下来独自一人的旅途是否走在"晚风拂柳笛声残，夕阳山外山"那样的风景中。

"晚风拂柳笛声残，夕阳山外山"是《送别》歌曲中"长亭外，古道边，芳草碧连天"之后的词。

《送别》

长亭外，古道边，芳草碧连天。晚风拂柳笛声残，夕阳山外山。

天之涯，地之角，知交半零落。一壶浊酒品余欢，今宵别梦寒。

长亭外，古道边，芳草碧连天。问君此去几时来，来时莫徘徊。

天之涯，地之角，知交半零落。人生难得是欢聚，唯有别离多。

白居易诗接下来两句"又送王孙去，萋萋满别情"，王孙本指贵族后代，此处指作者的友人；萋萋，形容草木长得茂盛的样子。"又送王孙去，萋萋满别情"，相送，送到城外，送到十里外的长亭，在城外数十里的古原野上与你分别，又一次送走知心的好友，茂密的青草代表我对你的深情思念。

读完现代的《送别》：长亭外，古道边，芳草碧连天。问君此去几时来，来时莫徘徊。天之涯，地之角，知交半零落。人生难得是欢聚，唯有别离多，有一份"离恨恰如春草，更行更远还生"的悲凉。

白居易的诗中也有"又送王孙去，萋萋满别情"，别情如春草一样生长。但是春草也是茂盛的，向上的，"离离原上草，一岁一枯荣。野火烧不尽，春风吹又生"。离离，同"萋萋"，青草茂盛的样子。草的特性就是具有顽强的生命力，它是斩不尽锄不绝的，只要残存一点根须，来年见春风就会更青更长，很快蔓延。草既如此，人又有何不可？做事情，毅力和坚持很重要。

"离离原上草，一岁一枯荣。野火烧不尽，春风吹又生。"这四句既写出了真实的草景，也写出了现实中理想的人意，已经成为千古励志名句。所以，白居易的送别诗全诗读下来有离别的依依不舍，但是，还有对朋友古道热肠、深情厚谊中那份相互鼓励、砥砺前行的斗志。

白居易的诗中有别情，更少悲凉，别在眼前，情在天涯，志在天下。

这首诗的题目《赋得古原草送别》，"赋得"指借古人诗句或成语命题作诗。这是古代人学习作诗或文人聚会分题作诗或科举考试时命题作诗的一种方式，称为"赋得体"。

联想到这是白居易16岁正值青春年少时考试时的命题作文，更容易理解"又送王孙去，萋萋满别情"那种别在眼前、情走天涯、志在天下的情怀。

45. 多景楼上

——满眼风光北固楼

"满眼风光北固楼"出自南宋辛弃疾的词《南乡子·登京口北固亭有怀》。因为词中非常鲜明的爱国英雄情节,少年时我就会背诵这首词。

但是,如果去了北固亭,却有难忘的收获,有对这首词更深切的体认。

那里的水景真美,就像是贵妃云中漫步般秀丽,难怪被皇帝称为"天下第一江山"。

多景楼三面环水,水面开阔,不见高楼,都是水天。同是大江,这里的水不像黄鹤楼前的长江那样浑厚,不像岳阳楼前的水那样清灵,不像滕王阁前的水那样浅、被沙滩分割,也不像山海关前的江水浩瀚。多景楼前的江水开阔,但是秀丽,平缓;宽阔的水面东流,如同穿长裙的贵妃漫步云中。长江、运河在远处交汇,一起伸向天边,江天一色;在这广袤的水色天光中,那些绿树、田野如绣花点缀在远处的水边、沙滩上,给这水色天光的美景锦上添花。

唉,就是这种感觉,多景楼前的水景就像是贵妃漫步般

二、盛唐诗歌因为什么而蓬勃

秀丽。

登楼远望，人的视野随之开阔，心情随之豁然开朗，美景过目难忘。

难怪多景楼那里有南唐时期"天下第一江山"的雕刻，曾经有"天下第一江山"的诗句。

因为课题研究武汉黄鹤楼，这几年不仅看了黄鹤楼、岳阳楼、山海关、滕王阁四大名楼，还多看了一个跟四大名楼有关联的多景楼。因为学界对20世纪80年代重建黄鹤楼、20世纪90年代黄鹤楼公园门前雕刻的"天下第一楼"有异议，认为多景楼有皇帝题的"天下第一江山"的句子，有南唐时期"天下第一江山"的雕刻，多景楼理应是"天下第一楼"，黄鹤楼怎好称"天下第一楼"？

带着这个问题，前两月去镇江，专门去看多景楼，没想到旁边就是北固楼。一进北固楼，就看到毛泽东手书"何处望神州？满眼风光北固楼"全词。毛泽东的草书有气吞山河之势，配这首词显现出毛泽东与辛弃疾同样的气质——江山如此多娇，引无数英雄竞折腰！

在北固楼上，满眼都是美好的风光。但是当时在这些美好风光的对面——近在眼前的中原（那里世世代代是我们神州的地方，同眼前一样美好的江山），却正被外敌（金人）入侵占领。

面对这样被分割的美丽，被入侵的国家，作为一个有志之士，如何不心痛？如何不浮想联翩：

南乡子·登京口北固亭有怀
辛弃疾

何处望神州？满眼风光北固楼。千古兴亡多少事？悠悠。不

景观诗话　>>>

尽长江滚滚流。

　　年少万兜鍪，坐断东南战未休。天下英雄谁敌手？曹刘。生子当如孙仲谋。

　　从古至今，朝代更迭，有多少国家兴亡大事？数不清。如同没有尽头的江水奔流不息。

　　就说这长江边的英雄孙权吧：孙权在青年时代，做了吴国的三军统帅。他占据长江东南，坚持抗战，没有向敌人低头和屈服过。当时三分天下，只有曹操和刘备是孙权的敌手。但是，远远看到孙权练兵时的英武，曹操说："要是能有个孙权那样的儿子就好了！（不能拥有孙权这样的人才）"

　　附《南乡子·登京口北固亭有怀》词语解释：

(1)南乡子：词牌名。
(2)京口：今江苏省镇江市。北固亭：在今镇江市北固山上，下临长江，三面环水。
(3)望：眺望。神州：这里指中原地区。
(4)北固楼：即北固亭。
(5)兴亡：指国家兴衰，朝代更替。
(6)悠悠：形容漫长、久远。
(7)年少：年轻。指孙权19岁继父兄之业统治江东。兜鍪（dōu móu）：原指古代作战时兵士所戴的头盔，这里代指士兵。万兜鍪：万指千军万马。
(8)坐断：坐镇，占据，割据。东南：指吴国在三国时地处东

136

南方。休：停止。

(9)敌手：能力相当的对手。

(10)曹刘：指曹操与刘备。

(11)生子当如孙仲谋：曹操率领大军南下，见孙权的军队雄壮威武，喟然而叹："生子当如孙仲谋，刘景升儿子若豚犬耳。"

《南乡子·登京口北固亭有怀》译文

什么地方可以看见中原呢？在北固楼上，满眼都是美好的风光。从古到今，有多少国家兴亡大事呢？不知道。往事连绵不断，如同没有尽头的长江水滚滚地奔流不息。

当年孙权在青年时代，做了三军统帅。他能占据东南，坚持抗战，没有向敌人低头和屈服过。天下英雄谁是孙权的敌手呢？只有曹操和刘备而已。这样也就难怪曹操说："要是能有个孙权那样的儿子就好了！"

46. 陈教授的别墅——"悠然见南山"

"采菊东篱下，悠然见南山"是中国人热爱田园生活的诗意写照，是用大自然清除世俗烦恼的诗意写照。这种田园情结也是中国文化的优秀基因，在君子间代代遗传，从公元4世纪陶渊明到唐宋，到民国，到今天。那天在陈博士建的别墅里，又看到了现实版的"采菊东篱下，悠然见南山"的田园生活。

朋友陈博士，是做农业土壤研究的专家，在做好自己的工作之余，花费几年业余时间自己动手建了一幢别墅。

这个别墅的特点是，用拆掉老旧祖屋的砖头、地基，业余时间建成。建在陈博士祖籍黄陂（武汉北面的郊区）老屋的地基上；依山，在山脚，高高的石头台基上；两层红楼，二楼带大阳台，门廊宽大。陈博士在美国做过研究，喜欢美式乡间别墅，所以她的别墅带有明显美式风味，连用老房子的旧砖头做的红墙也像。同去的李小姐很生动地描写陈教授的别墅：好姐妹是理工博士，却是个生活的诗人，从喜欢艺术到痴迷！终于自己动手，自己设计，自己配饰，一切自己动手，打造出自己的梦想家园——山区栖居家园。

这个别墅，虽然有点美式别墅的特点，大阳台，大窗子，大台基，但是也符合中国传统的生活艺术——别墅依山而建，院子里有陈博士专门选择种的花草、蔬菜，山上有郁郁葱葱的树林，远离市区喧嚣的安静，可以在院子里种菜，采摘时"悠然见南山"，那天边的云、山谷里的湖，正合陶渊明诗歌中"山气日夕佳，飞鸟相与还"的意境。

最近有学者研究，陶渊明是多重的，而不是单向的；是复杂的，而不是单一的。厌恶官场的"淡然"和归回田园的"欢欣"，是陶渊明存在的两个方面，但并非矛盾。内心隐含的壮怀激烈与追求闲适，二者在许多时候是势均力敌的。

现在的国人有些文化积累的不也是如此？存在于现实生活，必须在遵守既定规则中"拼搏"，"努力奋斗"，但是越到后面，上升到一定高度，就会感悟到更多人情世故的艰难，人际关系中的是是非非，权利旋涡中的不由自主。回归自然，将会给疲惫的人带来无限生机。自然让"心远地自偏"的人有了更好的去处，爱自然也是其心不恋名利、情不系权贵的现实表达。

陈博士在做好自己的农业专业之余，花费几年业余时间自己动手做的别墅，也正是陈博士对"心远地自偏"喜好的见证。宁愿花时间在乡村、田园劳动，而不在麻将桌、酒桌上应酬。

用今天通用的术语表述就是：有机、绿色、纯天然、无公害的陈博士建了一个有机、绿色、纯天然、无公害的别墅。这个别墅，让人想起陶渊明"采菊东篱下，悠然见南山"的诗意栖居。

饮酒·其五

陶渊明

结庐在人境，而无车马喧。
问君何能尔？心远地自偏。
采菊东篱下，悠然见南山。
山气日夕佳，飞鸟相与还。
此中有真意，欲辨已忘言。（"辨"通"辩"）

  这首诗的意境可分为两层，前四句为一层，写诗人摆脱世俗烦恼后的感受。后六句为一层，写南山的美好晚景和诗人从中获得的无限乐趣。表现了诗人热爱田园生活的真情和高洁人格。

  "结庐在人境，而无车马喧。"诗起首作者言自己虽然居住在人世间，但并无世俗的交往来打扰。为何处人境而无车马喧的烦恼？因为"心远地自偏"，只要内心能远远地摆脱世俗的束缚，那么即使处于喧闹的环境里，也如同居于僻静之地。陶渊明早岁满怀建功立业的理想，几度出仕正是为了实现匡时济世的抱负。但当他看到"真风告逝，大为斯兴"（《感士不遇赋》），官场风波险恶，世俗伪诈污浊，整个社会腐败黑暗，于是便选择了洁身自好、守道固穷的道路，隐居田园，躬耕自资。"结庐在人境"四句，就是写他精神上在摆脱了世俗环境的干扰之后所产生的感受。所谓"心远"，即心不念名利之场，情不系权贵之门，绝进弃世，超尘脱俗。由于此四句托意高妙，寄情深远，因此前人激赏其"词彩精拔"。

  "问君何能尔？心远地自偏"中的"心远"是远离官场，更进一步说，是远离尘俗，超凡脱俗。排斥了社会公认的价值尺度，探询作者在什么地方建立人生的基点，这就牵涉到陶渊明的哲学思想。这种哲学可以称为"自然哲学"，它既包含自耕自食、俭朴寡欲的生活方式，又深化为人的生命与自然的统一和谐。在陶渊明看来，人不仅是在社会、在人与人的关系中存在的，而且，甚至更重要的，每一个个体生命作为独立的精神主体，都直接面对整个自然和宇宙而存在。

这些道理如果直接写出来，诗就变成论文了。所以作者只是把哲理寄寓在形象之中。诗人在自己的庭园中随意地采摘菊花，偶然间抬起头来，目光恰与南山相会。"悠然见南山"，按古汉语法则，既可解为"悠然地见到南山"，亦可解为"见到悠然的南山"。所以，这"悠然"不仅属于人，也属于山，人闲逸而自在，山静穆而高远。在那一刻，似乎有共同的旋律从人心和山峰中一起奏出，融为一支轻盈的乐曲。

"采菊东篱下，悠然见南山"中"悠然"写出了作者那种恬淡闲适、对生活无所求的心境。"采菊"这一动作不是一般的动作，它包含着诗人超脱尘世，热爱自然的情趣。若将"见"改为"望"如何？不好。因为"见"字表现了诗人看山不是有意之为，而是采菊时，无意间，山入眼帘。

见南山之物有：日暮的岚气，若有若无，浮绕于峰际；成群的鸟儿，结伴而飞，归向山林。这一切当然是很美的。但这也不是单纯的景物描写。在陶渊明的诗文中，读者常可以看到类似的句子："云无心以出岫，鸟倦飞而知还"（《归去来辞》）；"卉木繁荣，和风清穆"（《劝农》）；等等，不胜枚举。这都是表现自然的运动，因其无意志目的、无外求，所以平静、充实、完美。人既然是自然的一部分,也应该具有自然的本性,在整个自然运动中完成其个体生命。这就是人与自然的和谐统一。

"山气日夕佳,飞鸟相与还。"这两句是景物描写。这时我们隐隐可知诗人不光在勉励自己"还",含蓄寄托了与山林为伍的情意,还在规劝其他人。两句虽是写景,实是抒情悟理。

"此中有真意,欲辨已忘言。"诗末两句,诗人言自己从大自然的美景中领悟到了人生的意趣,表露了纯洁自然的恬淡心情。诗里的"此中",我们可以理解为此时此地(秋夕篱边),也可理解为整个田园生活。所谓"忘言",实是说恬美安闲的田园生活才是自己真正的人生,而这种人生的乐趣,只能意会,不可言传,也无须叙说。这充分体现了诗人安贫乐道、励志守节的高尚品德。这两句说的是这里边有人生的真义,想辨别出来,却忘了怎样用语言表达。"忘言"通俗地说,就是不知道用什么语言来表达,只可意会,不可言传。"至情言语即无声",这里强调一个"真"字,指出辞官归隐乃是人生的真谛。

陶渊明简介

陶渊明(约365—427年),字元亮(又一说名潜,字渊明),号五柳先生,私谥"靖节",东晋末期南朝宋初期诗人、文学家、辞赋家、散文家。汉族,东晋浔阳柴桑人(今江西九江)。曾做过几年小官,后辞官回家,从此隐居,田园生活是陶渊明诗的主要题材,相关作品有《饮酒》《归园田居》《桃花源记》《五柳先生传》《归去来兮辞》等。

47. 佳人穿长裙

——北方有佳人，绝世而独立

《北方有佳人》是写美女的最有名的古代诗歌之一。因为这首诗做媒，而使诗中的佳人成为汉武帝最宠爱的女人。

> 北方有佳人，绝世而独立。
> 一顾倾人城，再顾倾人国。
> 宁不知倾城与倾国，佳人难再得。
> 北方有位美丽姑娘，独立世俗之外。

她对守城的将士瞧一眼，将士弃械，墙垣失守；她对君临天下的皇帝瞧一眼，皇帝倾心，国家败亡！

美丽的姑娘呀，常常带来"倾城、倾国"的灾难。纵然如此，也不能失去获得佳人的好机会。美丽的姑娘世所难遇，不可再得！

此诗中的佳人不是想象，是作者根据他妹妹的形象写的；据《汉书》记载，作者李延年，善歌舞，通音律。汉武帝设乐府，李延年为协律都尉。这是李延年向汉武帝进献其妹的歌。李延年在一次舞会上唱这首歌,深深吸引了汉武帝,汉武帝的姐姐平阳公主因此把李延年的妹妹推荐给汉武帝,从此,李延平的妹妹便成了汉武帝的宠姬李夫人。

回到今天,刚才从院子大门进来,正好碰见有两位奶奶出去,我对她们点头笑笑,一般她们也是回以笑笑。没想到今天,一个奶奶神采奕奕地对我说,美女,美女,美女出来了。听此言,看到奶奶因为我穿的长裙笑逐颜开,我也很开心,笑答:资深美女(大家都是老资格美女)。

今天穿的白色长裙,下摆是中国水墨山水画,就让80岁老太太感受到美的生动。

现在职场上,常常穿不是裙子的休闲装,长裙不常穿。这几年又复古了,时兴长裙,原来,长裙很美女。

想想,那位"倾城倾国"的李美人,一定也是长裙飘飘,舞蹈音乐中的长裙飘飘、婀娜多姿!

哎,如果现实中的人很难做到"倾城倾国",那就多穿长裙吧,让奶奶们笑逐颜开。

佳人穿长裙。

尊老也穿长裙。

48. 风雪夜归人

——国家大剧院同名话剧《风雪夜归人》

风雪夜归人——出自唐诗《逢雪宿芙蓉山主人》，作者刘长卿。很简单的四句诗，讲遇到大雪，夜晚在山村一户人家留宿。

日暮苍山远，天寒白屋贫。
柴门闻犬吠，风雪夜归人。

傍晚的大山，暮色苍茫中显得旷远。风雪中黑夜即将来临，急忙找寻住家，寻到一处人家，山中简单的住房在风雪中增加了一层寒气。（草栅栏院子）门口狗叫起来了，那是看到我（作者）这个风雪夜归人！（还是主人巡山回家了？）

这首诗像许多唐诗一样，好读，好认，但是不好烂熟于心地记住。记住这首简单的诗，对"风雪夜归人"留下难以忘记的印象是2016年，是在国家大剧院看了经典话剧《风雪夜归人》以后。

经典话剧《风雪夜归人》由吴祖光先生写于1942年，现在由国家大剧院重排重演。

《风雪夜归人》的剧情与这首唐诗《逢雪宿芙蓉山主人》完全不同，只是借用了"风雪夜归人"苍茫悠远的意境，写京剧名伶与资助他成名的富豪的姨太太发生的爱情故事。姨太太首先爱上了名伶，不断教育（劝导）他，人应该为自己而活，为幸福而活，引诱名伶与自己一起私奔。在这个过程中，那个富豪有所察觉，于是在他们准备私奔的前夜（风雪夜），把这个姨太太送给了即将调任高升、奔赴他乡的"公务员"（之前这位政客也是喜欢姨太太的），生生分开了这对热恋的情人。富豪肯定不会再去请名伶到花园别墅家里演戏，给戏子捧场了，名伶经过姨太太的教育，再也不想天天演戏当偶像，姨太太走后他也离开了热闹的舞台，离开了这个城市，到别处另谋生路了。曾经热闹的城市，热闹的人生剧场戛然静止。

　　静止了20年。

　　20年后的某天，所有的主角又重聚了。在一个风雪交加的夜晚，在那个衰老了的富豪的花园别墅（也是之前名伶与姨太太最后的幽会之处）。

　　首先是衰老的富豪出场，一个新的更年轻的姨太太陪伴，在花园别墅里，管家（以前托名伶介绍来的）对富豪说"他，回来了"——名伶回来了，给一个师傅看病义演，精气神还在，但是身体不好了；后来，客人来了，政客出现了，特意来感谢富豪媒人的。富豪叫姨太太的名字，亲切地问"夫人为什么没来？"回，来了，在楼下花园里。

　　不一会，就全场惊慌了，有人死在花园里。

　　是姨太太。

　　她隐忍20年，在不能见面、没有自由、不知晓爱人情况等原因下，她以 20 年后的死来告知名伶、报答名伶的爱。

之后舞台上苍茫的灯光中是名伶的出现，劲舞；交叉出现与现在不同风格的过去名伶靓丽的倩影。

姨太太没有出现，观众只是通过两句台词知道的（人在楼下花园里，花园里死人啦）。

哎，如梦。

这个话剧就是在说一个梦。

都说这是一个图像的时代，文学仍然有不可取代的魅力；在表达文学的魅力时，舞台仍然有不可取代的精彩。演出结束，观众报以长久的掌声，演员谢幕达六次。

有的人觉得——这是追求精神生活，人生活的真正意义；有的人觉得——这种追求是不务正业，好好的日子不过。

也许还会有人觉得，这么多人去看戏，还建这么豪华的大剧院，也是不务正业。这都是片面理解。人类追寻自由精神与美好生活一刻也没有停止过。

但是因为话剧的这个故事，连带也使人对刘长卿的这首诗《逢雪宿芙蓉山主人》有了很深的印象，对"风雪夜归人"的诗意有了更宽厚的理解。

49. 一座楼成就了武汉的情调

——再读崔颢《黄鹤楼》有感

外地人只要提到武汉最有名的东西，肯定是黄鹤楼，还有崔颢写的《黄鹤楼》的诗。

一个传说成就了一座楼，很多；一座楼成就了一首诗，也不少见。但是，因为一个传说、一座楼、一首诗使一个城市名扬四海的，不多，武汉就算一个。

这个传说，其实很简单——就是古代仙人驾鹤上天的传说；

这座楼，就是黄鹤楼——古代仙人驾鹤上天的地方；

这首诗，就是崔颢的《黄鹤楼》——位列现代电脑科技评选的唐诗排行榜第一名。

诗人登临古迹黄鹤楼，浏览眼前的鹦鹉洲、汉阳树，放眼看大江、白云，即景生情，脱口而出，"昔人已乘黄鹤去，此地空余黄鹤楼。黄鹤一去不复返，白云千载空悠悠"，这四句诗仿佛信手而就，一气呵成，给人一泻千里的诗情，烘托出自然、宏丽的画卷；"晴川历历汉阳树，芳草萋萋鹦鹉洲。日暮乡关何处是，烟波江上使人愁"这四句即景生情的话，使这首诗蕴含一种文雅的风骨，也容易引来读者的共鸣。所以，传说李白对这首诗有惊

二、盛唐诗歌因为什么而蓬勃

叹般的评价:"眼前有景道不得,崔颢题诗在上头";虽然这个传说经过考证,有出入,但是与李白联系起来了,崔颢的《黄鹤楼》成为历代名家、点评家所推崇的珍品,跟崔颢的诗好有直接关系,跟这段趣闻不无关系。

黄鹤楼的传说流传下来,就像今天我们把去哈佛读书看得很隆重,总要纪念一下一样,就像唐僧去西天取经有《西游记》流传那样,就像我们现在很看重开放、创新一样,古代把能够成仙、上天取经看成重要的事情,记载并流传下来,后人还修一个楼纪念。

有趣的是,黄鹤楼的传说在唐朝已经是古代的了,"昔人已乘黄鹤去",崔颢的诗写于公元727年,到现在公元2014年也有1000多年了。这么长的时间,为了一个简单的传说,这座楼修了坏、坏了修,这么多名人去观赏、题字、写诗,这说明了什么?

这说明武汉人不但敢于创新,而且有情调。

就像送恋人999朵玫瑰、一首诗、一首歌那样,黄鹤楼是武汉的浪漫情怀。

一座楼,成就了武汉的情调。

黄鹤楼之于武汉,就像是一种长期的营养。你一天两天不吃好饭,不一定缺营养,但是长期缺少营养的人,与长期营养好的人是会有区别的;没有黄鹤楼,武汉也不会不发展,但是有了黄鹤楼的武汉,城市发展营养会更均衡。

同样的城市,武汉因为黄鹤楼以及诗文化更有情调,除了餐馆商场以外还有专门看风景的地方,除了麻将、斗地主以外还有一个爬楼愉悦的地方;武汉因为黄鹤楼以及诗文化带给人人文素养,登高怀远,站在黄鹤楼上读"黄鹤一去不复返,白云千载空悠悠",看大江大水蓝天白云,会使人一辈子难以忘记一种震撼——人之渺小,天之宽大。对自然的敬意、对他人的谅解自然而然生成。

黄鹤楼

崔颢

昔人已乘黄鹤去,此地空余黄鹤楼。
黄鹤一去不复返,白云千载空悠悠。
晴川历历汉阳树,芳草萋萋鹦鹉洲。
日暮乡关何处是,烟波江上使人愁。

注释

(1) 黄鹤楼:故址在湖北武昌县,民国初年曾被火焚毁。传说古代有一位名叫费祎的仙人,在此乘鹤登仙。也有人作昔人已乘白云去。

(2) 悠悠:久远的意思。

(3) 历历:清晰、分明的样子。

(4) 鹦鹉洲:在湖北省武昌县西南,根据《后汉书》记载,汉黄祖担任江夏太守时,在此大宴宾客,有人献上鹦鹉,故称鹦鹉洲。

韵译

传说中的仙人早乘黄鹤飞去,
这地方只留下空荡的黄鹤楼。
飞去的黄鹤再也不能复返了,

二、盛唐诗歌因为什么而蓬勃

唯有悠悠白云徒然千载依旧。
汉阳晴川阁的碧树历历在目,
鹦鹉洲的芳草长得密密稠稠,
时至黄昏不知何处是我家乡?
面对烟波渺渺大江令人发愁!

50. 诗——

一点让人保持浪漫活力的小东西

现在的人都讲究养生、健身，其实，如果喜欢读诗，也是一种养生。因为诗，就是在平凡的人生世相中见出一些特别、或是新鲜有趣的东西而把它描绘出来，使我们的生命具有浪漫和活力。

朱光潜先生说，所谓"诗"并无深文奥义，它只是在人生世相中见出某一点特别新鲜有趣而把它描绘出来。与其他文学作品相比，诗更严谨、纯粹、精致。例如，贾岛的《寻隐者不遇》"松下问童子，言师采药去。只在此山中，云深不知处"，这是记叙一次或许简单平凡的生活经历，一般人都会有，也会说出来，甚至写出来，但是用"松下问童子，言师采药去。只在此山中，云深不知处"这样一种恰如其分的简朴而隽永的语言表现出来，却并非一般人能够做到。同时，一件简单的事，简单的询问，应答，变成诗句后，就留下了一个有趣的瞬间，一个传播回忆的故事。

朱先生还特意指出，"见"很重要，特别新鲜有趣的东西本来就在那里，我们不容易见到，是因为习惯思维——天天看到的是自己最关心的物质的东西、单位里的人际关系、头疼脑热等正经事，也许就没了闲心思去想一些无用的杂事，去注意从周围的"无用的"东西中看到特别新鲜有趣的东西。

读诗就是在注意那些从平凡中见出某一点特别新鲜有趣的东西，看那些好诗是怎么在那些看来虽然容易而实在不容易做出的地方下功夫，了解那些某一点特别新鲜有趣而把它描绘出来的佳妙。——对于这种佳妙的了解和爱好就是所谓的"趣味"。

这"趣味"与赚钱、经济效益无直接关系，与养身怡性有直接关系。这"趣味"是"对生命的彻悟和留恋"，因为不断有"趣味"，去注意从周围的"无用的"东西中看到新鲜有趣的东西，使得生命像流水般"时时刻刻都在进展和创化"（详见北京联合出版公司2015年7月出片的《朱光潜散文——美是一生的修行》，189—195页）。

51. 大江东去，出自湖北的一首千古名词

最近，正在放映的电影《聂隐娘》里面的山水风景很美，还得了法国电影大奖，受到世人瞩目。据说，里面的风景全部是湖北武当山、随州一带的。其实，还有一首千古名词，也出自湖北，也是写山水风景的。这首词，写于武汉附近黄冈的长江边，写大江大水、江山美人。

这首词，上得了人民大会堂，也上得了平常人家的厅堂；

这首词，受到古代当时人们的喜爱，也受到历代中国人的喜爱；

这首词，受到中国人的喜爱，也名扬四海。

不用再赘述了，喜欢的人一看就知道，这首词是苏轼的《念奴娇·赤壁怀古》：

大江东去，浪淘尽，千古风流人物。故垒西边，人道是、三国周郎赤壁。乱石穿空，惊涛拍岸，卷起千堆雪。江山如画，一时多少豪杰。

遥想公瑾当年，小乔初嫁了，雄姿英发。羽扇纶巾，谈笑间、樯橹灰飞烟灭。故国神游，多情应笑我，早生华发。人生如

梦,一樽还酹江月。

这些文字我们并不陌生,因为电影,因为歌曲,因为小说、散文里常常出现,只是有时候并没有意识到,这词就是写于自家门前。

今天又读到这首词,想起了前段时间一位朋友一句精彩的话。我们一起谈崔颢的《黄鹤楼》,我说,《黄鹤楼》那首诗读后,联想在看到大江、大水、大自然而想起来大历史时候的情景,在那样的地方——天大、水大、自然大、历史大,人往往就会联想到个人的渺小,明白人生在世什么东西需要珍惜,什么东西不需要纠缠。

朋友听后马上说,"对对对",诗人用诗说的这些,就是人们口头常说的:看开点,有什么事想不开啊。人生在世,就是那么几十年,好好活。想干吗事,好好干。

真是精彩,这简单直接的解释。

想起那些与这首词相关的文雅的评语,与这些老百姓的话语相对看,有意思,中国话表达真是丰富——"大江东去,浪淘去,千古风流人物",文人往往说,这首词中有倾注不尽的大江、名高累世的历史人物,广阔而悠久的空间、时间背景。它既使人看到大江的汹涌奔腾,又使人想见风流人物的卓越气概,并将读者带入历史的沉思之中,唤起人们对人生的思索,气势恢宏,笔大如椽……

"大江东去,浪淘尽,千古风流人物",而老百姓的点评就是:看开点,有什么事想不开啊。

注释

（1）大江：长江。（古时"江"特指长江，"河"特指黄河）。为古今异意。

（2）淘：冲洗，冲刷。

（3）故垒：黄州古老的城堡，推测可能是古战场的陈迹。过去遗留下来的营垒。

（4）周郎：周瑜（公元175—210年）字公瑾，庐江舒县（今安徽省庐江县西南）人。东汉末年东吴名将，因其相貌英俊而有"周郎"之称。周瑜精通军事，又精于音律，江东向来有"曲有误，周郎顾"之语。公元208年，孙、刘联军在周瑜的指挥下，于赤壁以火攻击败曹操的军队，此战也奠定了三分天下的基础。公元210年，周瑜因病去世，年仅36岁。（安徽庐江有周瑜墓。）

（5）雪：比喻浪花。

（6）遥想：形容想得很远。

（7）小乔：乔玄的小女儿，生得闭月羞花，琴棋书画样样精通，是周瑜之妻；姐姐大乔为孙策之妻，有沉鱼落雁、倾国倾城之貌。

（8）英发：英俊勃发。

（9）羽扇纶巾：手摇动羽扇，头戴纶巾。这是古代儒将的装束，词中形容周瑜从容娴雅。纶巾：古代配有青丝带的头巾。

（10）樯橹：这里代指曹操的水军战船。樯，挂帆的桅杆。橹，一种摇船的桨。所谓樯橹，物也；所谓强虏，人也。自古便有樯橹与强虏之争，记得上此课时，老师也曾对这两个词进行了分析，出于不同的版本，要看编者的喜好以及个人的理解，并没有所谓的对错，这两个词用于此处皆对，所以你可以根据自己的理解来用，不过考试时最好根据课本。鄙人认为，有争论的东西出在考试卷上需要慎重。现在人教版是用"樯橹"，苏教版作"强虏"。

156

>>> 二、盛唐诗歌因为什么而蓬勃

（11）故国：这里指旧地，当年的赤壁战场。指古战场。此处指假战场黄州。

（12）华发：花白的头发。华：《现代汉语词典》中这个字读 huā（一声），花白义。

（13）人生：现有版本作人间。

（14）尊：同"樽"，酒杯。

（15）酹：（古人祭奠）以酒浇在地上祭奠。这里指洒酒酬月，寄托自己的感情。一尊还酹江月中"还"古时读音是 huán。

52. 东湖就是这样美

——汀沙云树晚苍苍

"汀沙云树晚苍苍"是唐诗《题稚川山水》中的一句，诵读起来很美。仔细思量，是因为"汀"引起的联想。"汀"，线状的水边湿地。在看得见水边湿地是线状的地方，一定是距离水边有一点远、视野开阔的地方，在这样视野开阔的水边，汀沙云树的风景怎么会不美得使人心醉？

"汀沙云树晚苍苍"让我们联想起一幅优美的山水画，这幅山水画就是白色的水、黄色的沙、淡蓝色的云、绿色的树层叠交织：首先映入眼帘的一层是宽而平远的水面；远一层是对岸的线状的水边湿地、沙洲；再远一层，比水面、沙地高的是郁郁葱葱的树林；更远处的一层比树林高的是山和天边的云彩。时近傍晚，汀沙云树渐渐融入暮霭，呈现出一片苍苍茫茫的色调。这是一幅视野层层开阔、色彩斑斓的风景画。

但这并不只是诗画。

1000多年前唐诗中的风景——"汀沙云树晚苍苍"，很幸运，我们武汉东湖就有。如果把"晚"改成"远"，汀沙云树远苍苍，那就是如东湖一模一样。

看东湖许多年了,每一次看到,都会为东湖的美而心生感动。

但是,以前一直没有找到一个简洁的词来形容这种美。

东湖是全国最大的城中湖,有宣传语称东湖是"海一样的湖",这个口号虽不够美,但是说出了东湖的一个特点——大,水面开阔。

东湖不像西湖就在城市中心、让人很方便地一览无遗,东湖位于武汉东南一隅,是天赐武汉与大自然融为一体的一块"留白",是大武汉灯火阑珊处的"美人"。大都市旁这样大而开阔的湖地,因为城市的滋养保护而孕育出一份独特的质朴、清新、静雅、大气,东湖万顷自然风光也回报给武汉安静、养眼、换肺、休息之处。看介绍才知道,毛主席对东湖赞赏有加,中华人民共和国成立后毛主席来东湖48次,东湖是中华人民共和国成立后毛主席除了北京以外居住过最长时间、来过最多次数的地方。

当你从繁华的市区进入东湖,迎面扑来的风和吹来的空气都带着小草和树林的清香。无论是在听涛公园平地还是在磨山山上见到东湖,阳光下的湖,一望无际的水面波光粼粼,像银镜一样,远处岸边的一排排柳树随风飘动,一片片水杉挺拔俊秀,更远处磨山和云雾交织,宛如"汀沙云树晚苍苍"的风景油画,近处明丽绚烂,远处有雾霭般的苍茫;如果是雨天的东湖,湖面上雨雾朦胧,树叶上水珠欲滴,远处山峰隐约,这时的东湖又像是"汀沙云树晚苍苍"的水墨画,山水空蒙雨亦奇。

东湖屈原广场旁洗手间里洗手池上方新挂了一幅东湖风景画,是2014年洗手间装修后新挂的,那种三维立体效果的画面使东湖水面与岸边绿树红花的倒影浓缩,白的、红的、绿的色彩鲜艳层次分明，远处的白、红、绿色彩之间又有朦胧感，看后凝视良久，还是这一句话恰如其分——"汀沙云树晚苍苍"。

唐诗《题稚川山水》共四句，前两句"松下茅亭五月凉，汀沙云树晚苍苍"是诗中有画，层层叠叠的水、沙、树、云；后两句"行人无限秋风思，隔水青山似故乡"是画笔所不能到的一种诗的意境。在美好的景色中，孤身一人在外，特别又是在暮色苍茫的傍晚，很容易想念亲人和家，看到对岸的青山也像是家乡曾经朝夕相伴的那座山——"汀沙云树晚苍苍"是作者一份不期而遇的美景，"隔水青山似故乡"是作者一种适逢其会的"乡愁"。

读唐诗《题稚川山水》，使我想起了东湖，东湖是使人不期而遇的美景，也是使人适逢其会的"乡愁"。

53. 自然的诗　对自然的热爱

在唐代的大诗人里,人们对李白的诗的印象是有一种"飞腾"的气象,一种不受约束的狂想;杜甫的诗是沉稳、直面现实。细细品读唐诗,也会发现杜甫记叙的现实不只是血淋淋的战争和人世间的苦难,也有很多自然风光,表现的是乐与花鸟树木为邻的传统的天人合一的情景,如那些记叙杜甫草堂的诗《水槛遣心》《春夜喜雨》等。杜甫草堂是杜甫在"安史之乱"后历经颠沛流离来到成都郊区安的一个新家,杜甫在草堂周围开荒种地、种树栽花、挖水塘养鱼,并写下大量的诗歌记录这一段安定宜居的生活。杜甫草堂现在看来仅仅是一个低矮的草棚、小院子而已,但是杜甫在那里却看到了春光普照大地,山野清秀明丽(迟日江山丽),感受到了青草鲜花的芬芳(春风花草香);看到了"泥融飞燕子,沙暖睡鸳鸯","两个黄鹂鸣翠柳,一行白鹭上青天,窗含西岭千秋雪,门泊东吴万里船"的美景;感受到了"细雨鱼儿出,微风燕子斜""留连戏蝶时时舞,自在娇莺恰恰啼"的美妙时节;他还看到好雨"随风潜入夜,润物细无声";由雨夜看到的"野径云俱黑,江船火独明",他想象到白天的盎然生机"晓看红湿处,花重锦官城"……杜甫诗中的这种诗意自然，是中国传统文化推崇"天人合一"观念的自然体现，是与自然界共存、并与自然和谐相处的真实写照。

在这些简短的山水自然诗中，我们强烈地感受到的不是对物质追求的渲染，而是对大自然的热爱——追求大自然中的美和安宁，在花、草、虫、鱼，春、夏、秋、冬，江、湖、山、岳中感受大自然生生不息的变化之美，并以耐心细致地体会和详细记录这样的心得为乐。先人过的就很像我们现在提倡的绿色生态的生活方式。他们过得很自在，自得其乐——不需要花费太长的路途，不需要花费太多的周折，不需要太大的投入，只是在自家门前户外，投入自身，投入自身的劳动、自己的热爱，与自然待在一起，熟悉它们，关注它们，了解它们，爱护它们，感受它们的一个个变化，与它们和谐相处，并欣赏这种与自然的和谐相处，把这种和谐带到生活的方方面面。

当今中国不乏花园城市、花园小区、花园别墅，我们的身边、附近也许不缺自然美景，但是在对比中可以看到，我们欠缺先人那份对自然的自然而然的喜爱，以及由那份喜爱生出的对自然细腻、深刻的感受。这种感受是非常重要的，这种感受是一种人与自然的互动，就像人与人相处一样，让人感动的细节是最能给人留下印象、最能触及人的内心并带来思维和习惯的改变。对大自然呈现出的自然美也一样，只有细心地感受，才会体味到一些令人感动的美的细节，对大自然美的变化留下印象，慢慢才会有与自然更多地接触了解的愿望，慢慢才会有与自然的交流和互动。

只有在这样的基础上，才能够谈得上树立与自然和谐相处的价值观。也只有很多人养成"爱人兼爱物"的生活习惯时，才是雾霾停止包围城市的时候。

<<< 二、盛唐诗歌因为什么而蓬勃

54. 麻将是国粹　唐诗也是

喜欢麻将的人，喜欢说：麻将是国粹。

麻将是国粹，唐诗如何不也是？

了解唐诗的人，喜欢这样的说法。

麻将给人直接的享受、物质刺激；唐诗刚刚相反，"润物细无声"。但是，唐诗与麻将一样是中国人的智慧、中国人生活方式的结晶。

那些反映田园生活、描绘山水景物的唐诗，既能概括地描写雄奇壮阔的景物，又能细致入微地刻画自然事物的动态；既反映了那个时代我们家乡的田园风光，又在自然景物的观察上别有心机，巧妙地捕捉到情趣盎然的种种形象。

如王湾《次北固山下》带给我们的是一幅壮美的大江行船图："潮平两岸阔，风正一帆悬。海日生残夜，江春入旧年"——夜色还未退尽，但太阳已从海上升起，旧年尚未过去，江上已流露春意。春江水涨，极目远望，潮水似乎与岸齐平，江面宽广，使得视野随之开阔；大江上，顺风吹过来，一片风帆高悬，船平稳地急行向前。

孟浩然的《春晓》中描绘的春光与《次北固山下》壮美的春

景相比，《春晓》是以景观细微的变化引起人们的联想见长。

"春眠不觉晓，处处闻啼鸟。夜来风雨声，花落知多少"——春天的清早，被满耳鸟语吵醒；想起一夜细雨，纷纷洒洒，让红花绿叶也变了新模样吧？

诗人在室内写春景，选取春声来渲染户外春意渐浓的景象，带领读者一起从那阵阵春声中体会到春天红杏枝头春意闹的烂漫春光。

杜审言的"云霞出海曙，梅柳渡江春"中的春景，是壮美和细节美兼而有之。"云霞出海曙"让读者联想到的是雄奇壮阔：清晨，曙光初现，随后一轮红日在水面上冉冉升起，云被海面升起的朝阳沐浴，当一轮红日变成红太阳高高在上的时候，云在太阳光的照耀下变成绚烂的彩霞，赤橙黄绿青蓝紫，布满天际，清晨的天空因为这太阳和满天的云霞、海水，充满变化和幻想；"梅柳渡江春"用诗的语言讲述一些每个人都熟悉的春天的常识：春天来了，春天是怎么来的？是从梅花开、柳树绿看出来的，而且是江南的梅花先吐蕊、江南的柳树先发芽，然后春天的脚步才慢慢地渡过江来，江北的花再开，树再绿。

品读这些诗句，它们不仅使生机勃勃的自然之美跃然纸上，更重要的是，以今天的生态伦理观来看，这样的作品也反映出作者对大自然的热爱。爱人，就是从喜欢、愿意、无怨无悔地关注、关心一个人的全部和所有做起，爱自然也是如此。这些描写自然的诗，流露出的是作者对自然的爱。如果没有对大自然的热爱，怎么会有对大自然如此细致入微的关注和耐心的描述？

55. 景观唐诗　重温乡愁

乡愁，有时候是忘不了的家训：

人来人往，人进人出；人人平等，人上有人。

乡愁，有时候是对美味佳肴的回忆：

老米酒，兜子火，除了神仙就是我。

乡愁，其实就是我们的过去：

过去的一句话，一餐饭，一次聚会，一次分别……说那句话，吃那次饭，那次相聚的时间、地点、情景……

那过去待过的房子、院子、园子，那过去生活过的地方的红花绿草、山山水水……

飞速前进的时代，回不到过去。

回忆长久的、历史的过去，也并不是想回到农耕时代。

只是，我们同那时候一样，也需要"望得见山，看得见水，记得住乡愁"。

景观唐诗，是过去对"山""水""乡愁"的记忆，也仍然是我们今天记忆和现实中"山""水""乡愁"的经典：

"绿树村边合，青山廓外斜"，是我们世世代代住过的老房子；

"绿蚁新醅酒，红泥小火炉"，是我们今天仍然在燃烧的"兜子火"，在畅饮的"老米酒"；

"离离原上草，一岁一枯荣。野火烧不尽，春风吹又生"，是我们现在仍然眼熟的景象；

"郎骑竹马来，绕床弄青梅。同居长干里，两小无嫌猜"，其中有我们今天仍然耳熟能详的成语；

"劝君莫惜金缕衣，劝君惜取少年时。有花堪折直须折，莫待无花空折枝"，是很多场合以及书本里都不断出现过的警示；

"海内存知己，天涯若比邻"，是我们脱口而出的语录；

"海上生明月，天涯共此时"，是我们经历过就念念难忘的美景；

在遭遇"十面埋伏"的雾霾包围时，我们更渴望周围环境是"青山隐隐水迢迢，秋尽江南草未凋""日出江花红胜火，春来江水绿如蓝"……

在现代城市成片的水泥森林中，我们更渴望与那样的美景相会：

"两个黄鹂鸣翠柳、一行白鹭上青天。窗含西岭千秋雪，门泊东吴万里船""迟日江山丽，春风花草香。泥融飞燕子，沙暖睡鸳鸯"；

"黄四娘家花满蹊，千朵万朵压枝低。留连戏蝶时时舞，自在娇莺恰恰啼"……

还有唐诗中那种令世人羡慕的闲情雅致："银烛秋光冷画屏，轻罗小扇扑流萤。天阶夜色凉如水，坐看牵牛织女星"；

还有唐诗中那种令世人倾倒的豪放不羁:"黄河之水天上来,奔流到海不复回""天生我材必有用,千金散尽还复来"……

唐诗般的乡愁,是我们在现实世界里全力以赴时,偶尔休息一下的靠椅(如果你想要)。

不只是,靠椅。

也是我们回望过去时,记忆的湖岸边、那片杨柳树的倒影;我们回忆青春时,心灵深处悄然生长的一片绿野——

当你在愉悦、好奇中读一首好诗的时候,搅动起来的不只是乡愁,你自己内在的美,像朝阳一样冉冉升起。

因为唐诗、因为乡愁,许多真善美在我们心里生长。

景观唐诗,重温乡愁。

景观唐诗,重建我们与过去优秀文化的亲近。

景观唐诗,重建我们与自然的缘分。

景观唐诗,重温我们的初心。

后记　谨以此书感恩父亲母亲

在我童年时代，父亲给我讲诗读词；在我少年时代，父亲带我进图书馆，鼓励我多看书、读名著。因为工作的原因，那些与父亲一起读书的时间虽然短暂，但埋下许多理想的种子。

妈妈的第一个工作岗位是文工团，在我童年的时候，妈妈留给我许多快乐、许多歌。

经过多年的风雨，我把儿时父亲母亲栽种的种子的果实带来了，请父亲母亲品尝。现在，"爸爸妈妈，让我读书、唱歌你们听吧。同时，请原谅女儿迟到的收获"。

虽然我们天各一方，但我们心有灵犀。

吴琳

2018 年 11 月于武昌

致　谢

　　我工作的单位——武汉市社会科学院，给我提供多元化的学习和研究的机会，才有本书的面世，借《景观诗话：重建与自然的缘分》出版之机，深表感谢！

　　我的家人，给我许多的关心和帮助，借此机会，深表感谢！

　　呦呦美文读书社的书友，我们一起读书、学习、交流，对我写书有直接的鼓励，借此机会，深表感谢！

吴琳

2018 年 11 月于武昌